오늘도
나아가는
중입니다

오늘도 나아가는 중입니다

ⓒ 조민 2023

초판 1쇄 2023년 9월 19일
초판 10쇄 2023년 10월 11일

지은이	조민	펴낸이	이정원
출판책임	박성규	펴낸곳	도서출판 들녘
편집주간	선우미정	등록일자	1987년 12월 12일
기획이사	이지윤	등록번호	10-156
편집진행	김혜민	주소	경기도 파주시 회동길 198
표지그림	조민	전화	031-955-7374 (대표)
디자인진행	하민우		031-955-7382 (편집)
편집	이동하·이수연	팩스	031-955-7393
디자인	고유단	이메일	dulnyouk@dulnyouk.co.kr
마케팅	전병우		
경영지원	김은주·나수정		
제작관리	구법모		
물류관리	엄철용		

ISBN 979-11-5925-977-7 (03810)

오늘도
나아가는
중입니다

조
민

참새책방

제 이름은 조민입니다

안녕하세요, 제 이름은 조민입니다. 고양이 백호, 심바와 함께 동대문구 답십리동에 살고 있어요. 제가 사는 곳은 답십리 고미술상가 근처인데, 저는 이 동네가 참 좋습니다. 이곳만의 독특한 분위기가 저를 편안하게 해주거든요(이 책을 출간할 무렵에는 근처 다른 집으로 이사해 있을 거예요).

어릴 적에는 공부를 꽤 잘한다고 칭찬을 많이 받으며 자랐습니다. 동시에 많이 넘어지고 다치기도 했던 덜렁이였고요. 여전히 저는 엉뚱하고 허술합니다. 맛있는 음식이나 예쁜 장소가 있으면 꼭 먹어보고 가 봐야 직성이 풀리고, 궁금한 것이 생기면 어떻게든 해결하려고 하는 성격도 여전하고요.

살면서 간절히 원하는 것도 있었고, 많은 실패를 겪었지만 언제나 다시 시작하려고 노력합니다.

"근거 없이 밝다"는 말을 많이 듣습니다. 이는 저의

최대 장점으로, 지금도 언제나 해맑게 계속해서 조민 그 자체로 인생이라는 바다를 헤엄쳐 건너가려 합니다. 한 걸음, 한 걸음씩 앞으로, 세상 속으로, 저의 방식대로 나아가고 있습니다.

이 책은 어떤 대단한 지식이 담겨 있지도 않고, 삶에 대한 심오한 고찰이나 분석을 담은 것이 아닙니다. 그저 옆집 언니, 이웃집 딸이 수다를 떨듯 적어 내려갔습니다. 표지 그림도 제가 직접 그려보았고요. 한 가지는 분명히 하고 싶어요. 이 세상에 새로이 발걸음을 뗀 한 사람으로서, 그리고 30대 초반의 독립한 여성으로서 제 생각과 가치관, 삶의 방향을 이 책에 담았습니다.

유튜브나 인스타그램은 제 인생의 순간순간을, 그것도 따로따로 원하는 부분만 노출합니다. 하지만 과거의 추억이나 삶의 조각들은 어떤 콘셉트를 가지고 연출할 수 있는 게 아니잖아요? 그런 면에서 글은 '나, 조민'과 어쩌면 더 많이 닮았을지도 모릅니다.

책은 기존의 매체나 뉴미디어에 비하면 힘이 약할 수도 있습니다. 하지만 저에게는 '글'이 '있는 그대로의 나'를 날것 그대로 생생하게 보여줄 수 있는 가장 좋은 도구라고 생각했어요. 그러니 있는 그대로의 모습을 진솔하게 책에 담아 세상에 내어놓고자 하였습니다. 사진이나 영상으로는 드러낼 수 없는 저의 마음과 생각, 그리고 내면을 보여주고 세상과 소통할 창구를 만들고 싶었습니다.

저는 그냥 저, '조민'입니다. 유튜브 채널에 나오는 얼렁뚱땅 '쪼민'도, 인스타그램으로 보여드리는 감각적인 '민초(Min Cho)'도 모두 저예요. 오늘도, 매일 저는 나아갑니다.

저 자신으로 더 활짝 피어나기 위해 움트는 중입니다. 대단한 이야기는 아닐지 몰라도, 저의 이야기가 여러분을 잠시나마 미소 짓게 하고 때론 끄덕이게 할 수 있는 작은 선물이 되었으면 좋겠습니다.

2023년 가을 초입
조민

차례

1장
여름은 초록빛

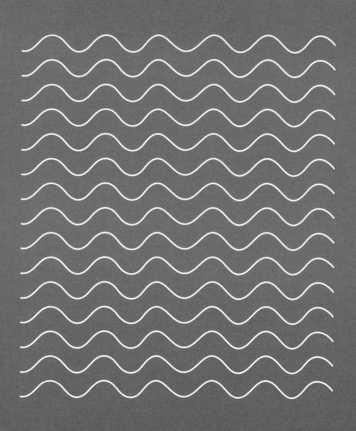

내 앞니 두 개와 맞바꾼
고수의 길

초록이 가득, 매미가 우는 계절이면 떠오르는 추억이다. 인라인스케이트를 타고 바람을 가로지르며 곧게 뻗은 길을 쌩쌩 달렸다. 무서울 것도, 나를 가로막는 것도 없었다. 갑자기 어른이 된 듯 자신이 멋지게 느껴졌다.

살면서 이런 순간이 몇 번 있었다. 세발자전거에서 두발자전거로 옮겨 타게 되었을 때, 아이스 링크에서 혼자 일어섰을 때, 인라인스케이트를 타고 달렸을 때, 그리고 운전면허를 따고 처음으로 장거리 운전을 했을 때가 그랬다.

초등학교 때, 인라인스케이트 열풍이 불었다. 동네에는 자전거를 타는 언니들도 있고 롤러스케이트를 타는 친구들도 있었지만, 그중에서도 유독 인라인스케이트가 멋져 보였다. 일렬로 달린 바퀴 네 개를 양발 아래 두고 가지 못할 곳이 없을 것만 같았다. 부모님을 조르고 졸라 주변을 잘 살

피며 타기로 약속하고 분홍색 인라인스케이트를 겨우 손에 넣었다.

내가 기억하는 나는 아주 어릴 때부터 두려움보다는 호기심이 강했다. 그 덕분일까, 처음 타는 인라인스케이트였지만 몇 번 넘어지고 일어나고, 피도 보고 나니 제법 자신감이 붙을 만큼 잘 타게 되었다. 나는 지금도 다리(특히 무릎)에 흉터가 아주 많은데 전부 어렸을 때 이런 짓(!)을 하다가 생긴 것이다.

등굣길에 아파트 단지를 지나면 문방구와 만화책 대여점이 나왔다. 거기서 방산초등학교와 중학교로 올라가는 길은 아주 짧지만, 경사가 제법 큰 언덕길이었다. 인도는 아니었지만 차가 자주 오지 않아 주민들이 샛길처럼 다니던 길이었다. 매일 지나치는 문방구는 분식점도 겸한 곳이었다. 나와 친구들은 방과 후에 언덕길을 까르르거리면서 뛰어 내려와 피카츄 돈가스나 컵떡볶이를 사 먹었다. 무엇보다도 그 길은 인라인 솜씨를 보여주기에 제격이었다. 길 꼭대기에서 인라인스케이트를 타고 쭉 내려가 방향을 꺾지 못하면 앞에 문구점에 그대로 처박는 시스템이었다. 평지에 닿는 코너에서 재빨리 우회전하면서 감속해 내려가는 것이었다. 그렇게 넘어지지 않고 언덕을 내려가면 친구들 사이에서 고수로 인정받는 그런 암묵적인 '룰'이 존재했다. 나도 멋지게 그 길을 내달려 고수가 되고 싶었다.

문제는 이게 한 번에 될 리 없다는 거였다. 친구들이 많이 오가는 시간에 와당탕탕 넘어지는 모습을 보여주는 것은 내 자존심이 허락하지 않았다. 나는 사람들이 자주 다니지 않는 시간에 혼자 가서 연습하곤 했다. 그렇게 친구들 앞에서 '고수'의 모습을 선보일 수 있을 만큼 능숙해질 때까지 연습을 계속했다.

어느 날, 드디어 때가 되었다는 생각이 들었다. '그래, 이만하면 됐어'. 친구들과 아파트 단지 사이로 향했다. 하던 대로만 하면 된다는 생각으로 친구들 앞에 섰다. 침을 한 번 꼴깍 삼키고 오르막길 위에서 발을 내디뎠다. '좋아, 잘하고 있어', 쌩-하고 멋지게 내려가다가 평지에 가까워졌다. 다 왔다, 조금만 더, 조금만 더! 하면서 코너를 도는 순간, 쾅. 갑자기 코가 뜨거워지고 입이 얼얼했다.

'뭐지?'

눈앞에 시커먼 물체가 놓여 있었다. 평소에는 없었던 차가 코너에 주차되어 있었다. 아이들이 우르르 뛰어왔다. 나보다 더 놀랐는지 서로 "민아, 괜찮아?" 하고 물었다. "괜찮아, 하나도 안 아파"라고 대답했지만 속상했다. 아픈 것보다도 성공하지 못했다는 아쉬움이 더 컸다.

집에 돌아가니 아버지가 "얼굴이 왜 그러냐?"며 깜짝 놀라셨다. "응? 얼굴이 왜요?" 소매로 얼굴을 쓱 훔치니 피가 묻어났다. 순간, 어쩐지 어딘가 허전했다. 혀로 앞니를 훑는데 뭔가 이상했다. 부딪히고 넘어지면서 앞니 두 개의 일부가 깨진 거다(그때부터 나는 치과 선생님이 레진으로 때우고 도자기 재질로 덮어 고쳐준 앞니를 붙이고 산다).

앞니만 부러진 줄 알았더니, 그 아픔이 가시고 나니까 온 데가 다 아팠다. 무릎, 팔꿈치, 손, 성한 데가 없었다. 그렇게 반창고를 덕지덕지 붙이고 학교에 다녔다. 그런데 이대로 끝낼 수는 없었다. 앞니까지 부러졌는데 그만둘 순 없지. 그다음에는 계획을 좀 더 세밀하게 짜기 시작했다. 코너에 주차된 차나 예상 못 할 장애물이 있는지 없는지, 감속을 어디서부터 해야 안전한가, 치아는 소중하니 엎어질 때 얼굴부터 감싸야겠다 등 여러 변수를 살폈다.

여러 차례 연습한 후, 나도 비로소 '고수'가 되었다. 고수가 되면 인라인스케이트를 단체로 탈 때 맨 앞에서 탈 수 있었다. 그게 좋았다. 앞니 두 개 일부가 부러진 것은 하나도 아깝지 않았다. 앞니가 깨진 아픔은 잠시지만, 인라인스케이트를 선두로 타고 다닌 것은 지금까지도 기분 좋은 추억으로 남아 친구들한테 자랑한다.

김연아의 점프도, 손흥민의 슛도, 김연경의 스파이크도 어디 하루아침에 이루어졌을까? 자전거 페달을 밟는 아이의 마음도, 이웃집 아주머니의 부침개 뒤집기 솜씨도 모두 연습의 결과다. 나는 아직도 이따금, 중간 과정 없이 점핑

해서 고수가 되고 싶은 마음이 들면, 아무도 없는 시간에 혼자 나가서 인라인스케이트를 연습하던 어린 시절의 나를 불러낸다. 깨진 앞니의 감각을 떠올리면서.

기억 저편의
이방인 소녀

"선생님, 저는 선생님이 되게 마음에 드는데 선생님은 저 어떻게 생각하세요?"

서울 송파구 토성초등학교로 전학을 온 첫날의 풍경이다. 어머니가 영국에 계실 무렵이다. 친구들은 다 집에 갔는데 안 가고 기다렸다가 선생님에게 이렇게 물었다. 정말이지 해맑게 물었지만, 선생님 입장에서는 당황스러운 질문이었나 보다. 이 아이의 심리 상태가 어떻길래 이러지, 하고 선생님은 어머니께 전화하셨다. 부모님의 해외 유학으로 내가 여기저기 맡겨지다 보니 귀염받고 싶고, 선생님의 관심도 확인하고 사랑받고 싶은 그런 마음이었나 보다.

"선생님도 당연히 네가 마음에 들어, 우리 잘 지내보자."

나는 세 살 때 아버지가 미국 유학길에 오르시는 바람에 함께 가서 살았다. 우리 가족이 지낸 캘리포니아주 버클리는 다양한 문화가 섞인 미국답게 인종차별도 딱히 없어 나는 너무나도 잘 지냈다. 유치원이 얼마나 재미있었는지 집에 가기 싫다고 숨고, 데리러 온 부모님을 피해 놀이터를 뛰어다닐 정도였다.

중간중간 한국에 계신 할머니 할아버지께 맡겨지기도 하면서 일곱 살 무렵까지 미국에 있었다. 그러다가 어머니가 공부하시는 영국 요크로 갔다. 어머니는 영국에서 영문학을 공부하고 계셨는데, 나는 공립학교(Heslington Primary School)에 다니면서 인종차별을 많이 경험했다. 양가의 경제적 지원이 충분하지 않았고, 각각 장학금을 받으며 공부하셨기에 나를 공립학교에 보내신 거다. 게다가 런던이 아니라 요크는 지방이라 인종차별이 더 심했다.

나는 사실 잘 기억나지 않는데, 매일 집에 오면 흙탕물에 젖어 있었다고 한다. 특히나 예쁘고 깔끔한 옷을 입고 간 날이면 정도는 더 심했다. 어머니는 공부와 육아를 병행하느라 항상 바빴다. 그래서 나는 어머니에게 내색하지 않았다. 그러다 추후 영국으로 합류한 아버지에게 그동안 서러웠던 일을 다 토로했다. 아이들이 내게 "Indian Stupid"라고 놀리며 흙탕물로 밀고 침을 뱉었다고 말이다. 인종차별을 당한 거였다. 부모님은 화가 나서 교장인 Ms. Bell에게 정식서한을 보내셨고, 사고 방지와 재발 방지에 대한 약속을 받았다. 당시 나는 그 학교에 다니는 유일한 유색인종이었다. 1997년 흑인 여자아이가 전학을 왔는데, 그 친구와 친구를 했다.

어머니는 처음으로 할아버지에게 전화하셨다. 손녀가 지금 인종차별 때문에 괴롭힘을 당했으니 사립학교에 갈 수 있게 지원해달라고 부탁하기 위해서였다. 부모님의 결혼을 반대했던 친할아버지였지만, 손녀는 끔찍이 여기던 분이었다. 할아버지의 지원으로 나는 사립학교로 전학 갈 수 있었으나 가지 않았다. 내가 전학을 거부했기 때문이다. 나는 부모님께 말했다.

"베프(best friend) 한 명 사귀는 데 6개월이 걸렸어요. 나는 또 반복하지 않을래요. 절친 한 명만 있으면 괜찮아요."

이후 나는 나의 절친과 늘 어울려 다녔다. 그러면서 절친의 숫자도 늘어갔다. 우리는 늘 껌딱지처럼 모여 다녔다. 같이 모래로 무당벌레 집을 지어준다거나, 스파이스 걸스가 인기있을 때라서 스파이스 걸스 역할 놀이를 하며 놀곤 했다. 스파이스걸스 멤버 중에 유색 인종이 한 명 있어 나는 항상 그 역을 맡았다. 아무튼, 이후로 학교에서의 기억은 그저 좋았다.

어린 시절, 나를 상당 기간 키워내신 분은 할머니와 외할머니다. 그 당시에는 부모님이 모두 박사학위를 받기 위해 공부하셨기에 내게는 부모님과의 기억보다 외할머니, 할머니, 나를 돌봐주신 아주머니와의 추억이 더 많다. 나는 그렇게 여기저기 지역을 옮겨 다니며 맡겨졌다.

그래서였을까, 나는 어렸을 때부터 눈치가 빠른 아이였다고 한다. 어디서든 적응해야 했고, 예쁨받고 싶었고, 관심을 확인하고 싶었다.

어머니가 영국에서 유학 중이고 동시에 아버지는 미국에서 유학 중이실 때, 등하원을 도와주는 아주머니가 계셨다. 아주머니가 유치원에 나를 데려다주실 때마다 굳이 선생님께 이렇게 설명했단다.

"이분은 저희 어머니가 아니고요, 저희 어머니는 영국에서 공부하고 계세요. 저희 아버지는 미국에 계셔요. 두 분 다 엄청 똑똑해서 공부하러 가셨어요. 그래서 아주머니가 저를 데려다준 거예요."

어린 마음에, 이 사람은 우리 엄마가 아니고 나의 진짜 부모님은 대단한 사람이라는 걸 강조하고 싶었던 모양이다. 지난날의 어린 나를 돌아보면 귀여우면서도 안쓰럽기도 하다.

그렇게 영국에서 초등학교 1, 2학년을 보내고 한국에 들어와 토성초등학교 2학년으로 전학했다. 부모님은 외국에 계시고 혼자 외할머니댁에서 딱 일 년을 보냈다. 당시 나는 해외에서 들어온 지 얼마 되지 않아 한글을 적는 것이 어려웠다. 말하는 것은 가능했지만 오랜 외국 생활로 수업 시간에 선생님 말씀을 바로바로 받아적고, 칠판에 있는 글씨를 선생님이 지우기 전에 받아쓰는 게 힘들었다.

어느 날 종례 시간, 선생님은 칠판에 알림장 내용을 1번부터 쭉 쓰고 적은 다음, 다 적은 사람은 집에 가도 좋다고 하셨다. 마지막까지 혼자 남아 있던 건 늘 나였다.

"넌 왜 안 가니? 왜 못 받아 적어?"

"이렇게 삐뚤빼뚤해서요……."

그러면 선생님이 나머지를 써 주시고 나는 그걸 들고 집에 갔다.

91년생인 나는 주민등록증이 2월로 잘못 찍혀 나오는 바람에 90년생들과 함께 학교에 다녀야 했다. 성인이 된 다음부터는 큰 차이를 못 느꼈지만, 한창 성장하는 시기에는 몇 개월의 발육 속도에도 차이가 제법 났다. 학교에서 "우리 반에서 2월에 생일인 사람은 ○○, ○○, 민이구나" 할 때, "저는 9월생이에요" 하고 설명해야 했다.

도토리 키 재기 격이지만 어릴 때는 나이가 중요하다. 친구들은 나에게 "넌 91년생이니 우리한테 언니, 오빠라고 해"라고 하는 둥 웃지 못할 일들이 생기곤 했다. 그래서 나중에는 그냥 조용히 '빠른 91'인 척하다가 친해진 뒤 9월이 되면, '이미 친구니까 나도 모르겠다' 하면서 "나 사실 9월생이야!" 하고 배 쨌다(!).

나는 반에서도 가장 키가 작았다. 키 순서대로 앉던 시절이라 맨 앞에 앉으면 그게 그렇게 기분이 나빴다. 일 년 늦게 태어났으니 이상할 일도 아니다. 그러다 고등학교 때

갑자기 키가 훌쩍 자라서 아이들을 빠르게 추월했다. 현재는 키가 168센티미터인데 가족 네 명 중에 가장 작아서 '꼬맹이' 취급을 받는다.

3학년 때는 부산에 가서 좌산초등학교로 전학을 갔다. 부산에서는 친할머니가 나를 돌봐주셨다. 처음에 부산 친구들은 놀 때 나를 끼워주지 않았다. 서울 말씨를 쓴다는 이유에서였다. 부산 말투에 익숙해지는 데에는 거의 두세 달이 걸렸다. 부모님은 내가 영국에 가자마자 완벽한 영국식 액센트와 표현을 구사해서 놀랐는데, 이번엔 부산으로 가자마자 사투리를 초고속으로 배우는 걸 보고 '얘는 언어 능력이 뛰어난가 보다'라고 생각하셨다고 한다. 하지만 내겐 생존본능이 아니었을까 싶다. 부산 말투에 익숙해지고 나니 아이들 사이에 자연스럽게 들어갈 수 있었다. 특별히 친구들과 싸우거나 화가 났던 일은 없는데, 내가 아끼는 물건을 빼앗아 가거나 하면 가만히 있지 않았다고 한다.

당시 할머니 할아버지는 나를 많이 아껴주셨다. 초등학생인데 용돈을 하루에 천 원씩이나 주셨다. 그런데 항상 집에 돌아올 때면 빈손으로 왔단다.

"너 천 원은 대체 어디다 다 쓴 거니?"

어묵 사 먹는 데에 300원, 친구 핫도그 사주는 데 500원. 이렇게 쓰고 나면 남는 게 없었다. 할머니는 왜 매번 친구한테 네 것보다 더 비싼 걸 사주냐며 속상해하셨다. 그때 내가 얼마나 돈 개념이 없었는지를 보여주는 이야기다. 지금 생각해보면 솔직히 아깝다. 친구에게 사준 게 아까운 것이 아니라, 하루에 천 원이나 되는 용돈을 받으면서도 저금을 제대로 하지 못한 것이 아쉽다. 돈을 아껴 쓴다거나 관리하는 개념이 있었다면 더 효율적으로 용돈을 굴릴 수 있었을 것이다. 내 소비 습관은 대학교 무렵이 되어서야 정립되었다. 대학교 때 용돈을 아껴 쓰면서부터 경제관념이 생긴 것을 고려하면, 용돈은 역시 적게 주거나 또래 친구들과 비슷하게 주는 것이 좋은 것 같다.

부산에서 한국에 적응하는 기간을 보내고 4학년 때에는 다시 방이동으로 갔다. 어머니가 여전히 영국에 계셨기에 아버지랑 살았다. 방산초등학교에서는 4학년 때부터 6학년 때까지 다니고 졸업할 때까지 있었다. 성격상 반장이 될 기질은 딱히 없었는데 반장이 되었다. 당시 담임선생님이 "부모 둘 다 교수면 재벌이다"라고 하며 반장선거에 나가게 해서 창피하고 속상했다고 부모님께 토로했던 일이 떠오른다.

부모님은 내가 특별히 원하지 않으면 학원에도 안 보내셨다. "네가 가고 싶으면 가는데, 안 가도 되지 않겠냐?" 하셨다. 학교 끝나면 그저 뛰어놀기 바빴다.

하교 후에는 무조건 인라인스케이트를 타고, 방과 후 활동이 있는 날이면 과학 교실에 갔다. 어릴 때부터 개구리

해부라든가 현미경을 들여다보는 일이 즐거웠다. 그래서 특별 과학 활동이 있으면 다 신청하곤 했다. 요즘 아이들을 보면 초등학교 때부터 학교 끝나고 학원을 줄줄이 다니는데 그때도 좀 유복한 친구들은 '학원 뺑뺑이'를 돌았다. 피아노, 태권도, 수학, 영어, 미술, 국어 등.

친구들이 다 학원에 간 시간, 나는 방과 후 활동을 마치고 바로 옆에 있던 만화책방에 가는 게 일상이었다. 책을 빌려 가면 한 권에 400원이었고, 앉아서 보면 200원이었다. 그래서 거기 앉아서 보곤 했다. 나는 읽는 속도가 느려서 만화책 한 권을 보는 데에 30분 정도 걸렸다. 보통 친구들은 15분이면 다 보았으니, 나는 두 배쯤 걸렸던 셈이다. 아마 한글을 늦게 배워서 그런 것 같은데 지금도 친구들보다 무언가를 읽는 속도가 다소 느린 편이다. 그렇게 두세 권을 보면 한 시간이 지났다. 그러면 집에 갔다가 인라인스케이트를 타러 거리에 나온 친구들이 보이면 함께 탔다.

나는 사실 '어렸을 때 기억' 하면 씩씩하고 재밌고 즐거운 일만 떠오른다. 어느덧 어른의 길에 들어서 이렇게 유년기를 추억하게 되다니. 이게 다 학원에 가지 않고 내 마음대로 놀고, 만화책 읽고, 친구들과 군것질 실컷 하면서 자란 덕분이 아닐까?

나의 사랑하는,
미로

"우리 앞으로 다시는 동물 데려오지 말자."

초등학교 때였다. 어머니가 새끼 비글 복실이를 데려오셨다. 어쩐지 계속 축 처져 있어서 병원에 데려갔더니, 폐렴이라고 했다. 어머니도 난생처음 동물을 키워보는 거라서, 아픈 아이인 줄도 모르고 데려온 것이었다. 그렇게 나의 첫 동물 친구는 일주일 만에 무지개다리를 건넜다. 온 가족이 한동안 충격에서 헤어 나오지 못했다.

그 후 10년을 넘게 우리 집에서는 누구 한 사람 '동물 데려오자'는 말을 꺼내지 않았다. 그러다 독립하게 되면서 내 공간이 생겼고, 생명체와 함께하고 싶다는 마음을 품게 되었다. 마침 힘든 일을 겪고 실의에 빠져 있던 참에 미로를 만났다.

이름을 몇 번 불러보기도 전에 운명을 다한 비글 복실이. 어렸을 때 동물 친구를 잃어본 경험 탓에 새로 데려올 아이는 그저 건강하기만을 바랐다. 오래오래 함께하고 싶었다. 입양을 알아보다 마침 고양이가 새끼를 여럿 낳아 다 거두기 어렵다는 사람을 소개받았다. 당장 데려가도 좋다고 했지만 어미 젖을 최대한 끝까지 먹여달라고, 젖 떼고 나면 데려가겠다고 했다. 나중에 천천히 보내주어도 되니 건강하게 그냥 엄마랑 최대한 오래 있다가 보내달라고.

그렇게 미로를 데려왔다. 눈을 바라보니 푸른 눈동자 안에 은하계가 가득, 미로 같았다.

"그래, 너는 미로야!"

짙은 회색빛 털의 미로는 수컷이었다. 고려대 근처 원룸에 살면서 이사 다닐 때도 미로를 제일 먼저 챙겼다. 미로는 뼈대가 굵고 큰 고양이였다. 정말 컸다. 머리를 베고 누워도 한참 남았다. 보드라운 털의 감촉이 아직도 생생하다.

학교 앞에서 원룸, 혹은 1.5룸에 살면서도 나는 미로가 답답해할까 봐 캣타워도 놓아주고 타고 올라갈 선반도 만들어줬다. 나중에 알았지만, 고양이에게는 수평 공간보다 수직 공간을 만들어주는 게 중요하고 잘 놀아주는 게 필수적이란다.

"미로야, 너는 왜 점점 커지지? 이상하다."

어쩐지 계속 커지는 미로 베개였다.

미로는 근육질이었다. 왜냐하면 운동을 너무 많이 시켰기 때문이다. 아니, 함께 운동했기 때문이다. 그 원룸에서 운동을 어떻게 했냐고? 처음 보는 친구들은 '학대' 아니냐고 놀렸지만 분명 미로는 즐겼다. 미로를 들어서 벽에다 통! 하고 가볍게 던지면 미로는 벽을 탁 짚고선 바닥에 완벽하게 착지했다. 그러곤 다시 내게 달려와 들어 올려달라고 했다. 그러면 다시 나는 미로를 들어 벽으로 날려주었다. 던져주지 않으면 한참을 칭얼거렸다. 그 무렵 내 팔 근육도 제법 단단해졌다.

미로는 8kg에 육박하는 고양이였다. 하지만 뚱냥이는 아니고 탄탄한 근육냥이였다. 나와의 벽 운동에 단련된 미로였다. 미로가 가만히 서 있는 걸 보면 등 근육이 아주 멋졌다. 똑똑한 친구는 아니어서, 내가 자고 있으면 자꾸 내 목젖에다 대고 꾹꾹이를 했다. 처음에는 자다가 숨이 막혀 '이게 뭐지' 하고 공포에 질려 잠에서 깼지만, 나중에는 노련하게 '아, 또 미로가 꾹꾹이 하는구나' 하고 끌어당겨서 베고 잤다.

미로는 내가 꾸욱꾸욱 마사지해주면 그 자리에 누워 내 손길을 느끼곤 했다. 그러다 잠시 시선을 돌리면 미로가 보이지 않았다.

"응? 얘 어디 있지?" 하고 보면 장롱 위에 올라가 있었다. 장롱 위까지 한 번에 뛰어 올라간 거였다. 장롱 위에도 없으면 문 위에 편안하게(인간의 눈으론 아슬하게) 앉아 나를 내려다보고 있었다. 내 방은 햇빛이 잘 들어오지 않는 원룸이었다. 가끔 어두운 방에서 미로를 찾다가 한참 위에서 반짝이는 두 눈동자를 보면 깜짝 놀라기도 했다. 미로의 눈빛이 레이저처럼 내 몸을 투과해버릴 것만 같았다.

당시 이사를 자주 다녔는데 고양이를 받아주는 곳이 많지 않았다. 그래도 사정사정해서 허락해주는 곳을 찾아 데리고 다녔다. 한번은 지식이 부족해 분리수거를 하려고 나갈 때 문을 잠시 연 새에 미로가 집을 나가서 찾지 못한 적이 있다. 다가구 주택의 3층인가 4층에 살았을 때인데, 세상 서러워서 "미로야…… 미로 어디 갔어" 하면서 미로 이름을 부르며 엉엉 울부짖었다. 순간, 정말 먼 곳에서 "냐옹" 하는 소리가 들렸다. 계단을 따라 계속 내려가니 지하 1층 창고 쪽에 숨어있다가 나를 보고 1층으로 올라오는 미로를 발견했다. 냉큼 집어서 품에 안고 집으로 달려갔다. 미로는 집에 와서도 서러웠는지 한동안 울었다. 다시는 잃어버리지 않겠다고 다짐했다. 그 후로는 이중장치를 설치해서 고양이가 실수로 집 나가는 일을 막고 있다.

건강한 미로가 아프기 시작한 것은 네 살 때부터였다. 소변을 볼 때 찔끔거리기에 뭔가 문제가 있나 보다 싶어 동물병원에 데려갔더니 전에 중성화한 것이 잘못되어 협착이 왔다는 거다. 병원에서는 딱히 심각한 문제는 아니고, 수술해서 넓혀주면 된다기에 수술해주었다.

큰일이 아니라 생각했는데, 수술을 마치고 미로가 살기 어렵겠다는 청천벽력 같은 말을 들었다. 병원에서 본 미로는 정말 금방이라도 숨을 거둘 것만 같았다. 계속 입원시켜도 별도리가 없다면서 중환자실에서 처치할지 아니면 집에 데려가서 마지막을 보낼지 선택하라고 했다. 미로가 죽는다니. 받아들일 수 없었다. 치료받게 해달라고 사정했지만, 어머니는 미로를 집에 데려오자고 하셨다. 하지만 내가 떼를 써 병원 중환자실에 미로를 둔 채 어머니를 설득했다. 그러던 중, 미로가 고양이별로 갔다는 전화를 받았다. 어머니 말을 들었더라면 미로의 마지막을 볼 수 있었을 텐데. 그 일을 나는 아직도 후회한다.

어머니는 슬픔에 무너지셨다. 내가 며칠 집을 비울 일이 있으면 어머니가 돌보아주시고 챙겨주시면서 어머니도 미로와 정이 많이 들었다. 내가 교환학생 갔을 때도 어머니는 영주에서 미로랑 살며 뚱냥이로 만들어놓으시곤 했다. 독립해서 살면서 다른 어떤 사람보다도 미로에게 의지하고 친구처럼 함께했다. 미로의 마지막 모습이 머리에서 떠나지 않는다. 정말 이상하게도 잊히지 않는다.

별 같은 푸른 눈을 가진 미로는 너무나 일찍 별이 되었다. 미로야, 고양이별에서는 아프지 않고 잘 있는 거지? 언젠가 고양이별에서 다시 만나. 꼬옥 안아줄게.

사랑의 색은
오묘하다

"아빠 같은 남자 만나고 싶어요?"

내가 제법 많이 듣는 질문이다. 대한민국에서 자란 딸들이라면 많이 들어봤을 법한 질문이다. 나의 대답은 단호하다.

"아니요!"

아버지는 참 좋은 사람이자 좋은 아빠다. 내가 딸이어서가 아니라 객관적으로 그렇다.

하지만, 나는 아버지 같은 사람을 남자친구로 만나고 싶지 않다. 그 이유는 아빠가 부산 출신이라 그런지 무뚝뚝한 성격에 소소한 대화를 즐기지 않는 사람이기 때문이다. 가족간의 문자 대화에 잘 참여하지 않으시고 하실 경우에도 단답형으로 답하신다. 항상 공적 업무에 바쁘셔서 그러셨던 것으로 알고 있다. 좋은 아빠지만, 내가 원하고 나와 잘 맞는 상은 아닌 것이다. 아빠, 미안해요!

지금까지 연애를 한 번도 안 해봤다면 거짓말일 테다. 많은 사람을 만난 건 아니지만 그래도 몇몇 연애를 거쳤다. 그리고 연애하면 할수록, 누군가를 만나면 만날수록 더 좋은 사람을 만난 것 같다. 그래서인지 나는 주변에 연애하는 시간을 아까워하지 말라고 말한다. 연애가 아니더라도 누군가를 만나고 소통하며 관계를 형성하는 일은 중요하다.

어떤 경험에서든 배우는 게 있다고 생각한다. 연애에서도 마찬가지다. 사람과 사람의 관계나 다양한 상황 속에서 배울 건 언제든 있게 마련이다. 만남과 헤어짐을 거치며 나는 이런 걸 좋아하는구나, 내가 싫어하는 건 이런 거구나, 하고 새로이 알게 되었다. 그렇게 지난 관계를 거치며 여러 조건이 쌓였다. 가만 보니 이제 성격에 대한 조건만 남았다.

첫 남자친구를 떠올리면 그 친구와 안 맞는 점이 참 많았다. 그 친구와 결혼했다면 한 사람밖에 모르는 채로 잘 살기는 했을 거다. 하지만 그 친구와 부딪히는 지점도 많았다. 그땐 어린 마음에, 걸리는 점이 있어도 다 참고 만났다. 참고 참다 도저히 힘들어서 헤어졌다. 정말 똑똑하지만 극단적인 그의 성격이 매번 나를 불안하게 했다. 평판이 상당히 좋은 친구였기 때문에 문제가 생겼을 때 나 자신을 탓하기도 했다. 상호발전적이지 않은 관계라는 것을 인정하고 그에게서 벗어나는 데에는 제법 큰 결단이 필요했다.

그다음 남자친구도 좋은 학교 출신에, 좋은 직장을

가진 사람이었지만 나와 결이 맞지 않았다. 누군가를 만나면 다른 세계가 열린다는 것, 아무리 스펙이 좋아도 나와 성격이 맞지 않으면 안 된다는 것을 몸소 배웠다.

그다음 연애부터는 성격이 온화하고 술을 좋아하지 않는 친구를 찾게 되었다. 한 사람, 한 사람 만날 때마다 그렇게 내 마음속에는 이상형에 대한 리스트가 하나씩 추가되었다. 외모에 대해 평가하지 않고, 있는 그대로 바라보는 사람.

누군가 내게 이상형이 어떠냐고 물으면 "잘생기고 재밌는 사람!"이라고 했던 예전과 달리 이제는 "같이 있을 때 편안하고, 항상 내 편인 사람, 나를 있는 그대로 받아들이는 사람"이라고 대답할 것이다.

일단 나는 소위 '남자다운 사람'보다는 '다정한 사람'이 좋다. 속이 아무리 다정해도 표현하지 않으면 상대는 알 수 없다. 나는 마음이 우러나는 표정과 말씨, 다정한 행동에서 따스함 또는 몽글몽글함을 느낀다.

설레고 불타는 마음보다는 따스함과 편안함이 좋다. 같이 있으면 편한 친구처럼 대화할 수 있는 그런 사람이 좋다. 타오르는 설렘보다 불안함 없는 평온이 좋다. 좋은 일도 많았지만, 예측할 수 없는 불안정으로 가득한 삶 속에서 평안함을 주는 이가 곁에 있다면 참 좋겠다.

그리고 배울 점이 있는 사람이면 좋겠다. 내가 존중

하고 존경할 만한, 나보다 뛰어난 데가 있는 사람이 분명히 매력적이다. 그 부분이 엄청난 분야일 필요는 없다. 나만이 느낄 수 있다면 그걸로 족하다.

예를 들면, 나는 전시 보는 걸 참 좋아한다. 일가견이 있지는 않지만, 작품을 보고 느끼는 그 자체가 즐겁다. 와중에 일행이 작품에 대해 상세히 설명해줄 수 있는 사람이고, 내가 그 작품을 더 잘 느끼도록 이끌어준다면 그건 엄청난 매력으로 다가올 것이다.

어머니는 요리를 잘 못하신다. 신혼 당시에 어머니가 요리를 해주려 했더니 아버지께서 "밥해달라고 결혼한 거 아니야. 밥은 사 먹고 당신 공부와 일에 더 시간을 쓰는 게 좋겠다"라고 하셨단다. 그때 요리를 포기해서 아마 어머니가 요리를 못하시는 것 같다. 그래도 어머니는 항상 아버지와 우리에게 한국의 전형적 어머니로서 무엇인가를 못 해줬다는 부채감이 있는 것 같았다. 그래서 가끔은 아주 야심 차게 요리를 해주신다. 그런데도 아버지는 단 한 번도 맛없다는 말을 입 밖에 꺼내신 적이 없다.

한번은 아버지가 동생과 나를 몰래 서재로 불러 모아 말씀하셨다.

"엄마한테 무조건 맛있다고 해. 끝까지 맛있게 먹고."

그날 나는 최선을 다해 음식을 입 안에 넣은 채 한동안 오물거렸다. 삼키는 대신 화장실에 가서 뱉어냈다. 또 다른 에피소드도 있다. 나는 김치찌개와 된장찌개의 '진짜 맛'을 알기 전까지 엄마가 만든 '그런 맛'인 줄만 알고 살았다. 어머니의 '된찌'에는 멸치 비늘이 둥둥 떠 있었는데, 이상하게도 어머니는 그게 비싼 멸치라고 좋아한다. 마치 불난 데 부채질하듯 아버지는 옆에서 "이게 세상에서 제일 맛있다"라고 극찬하며 밥을 두 그릇이나 드셨다.

　　어머니의 음식이 정말 맛없다는 걸 알게 된 건 사회인이 되고 나서다. 어머니가 해준 메뉴는 밖에 나가서도 절대 안 사 먹곤 했다.

　　'엄마의 찌개가 그렇게 맛있는 거라는데 내 입맛에는 영 안 맞았으니 밖에서 사 먹는 것도 맛있을 리가 없지'라고 생각했던 것이다.

　　훗날 고깃집에서 친구가 계속 된장찌개를 한입 먹어보라고 해서 억지로 떠먹는데, "유레카!". 눈이 번쩍 뜨이는 맛이었다. 이게 보편적인 된장찌개 맛이냐고 물었더니 그렇다고 했다. 새삼 아버지가 대단해졌다. 아버지는 이렇듯 어머니를 배려하는 사람이다. 하지만 아버지랑 모든 면에서 아주 비슷한 사람을 만나라고 한다면 못 만나겠다. 나와 맞는 퍼즐 조각은 아버지와는 굉장히 다른 사람일 것이라는 것을 나는 잘 알고 있다.

　　대체로 한국에서 남자들은 성장 과정에서 부모님에게서조차 "가정을 책임져야 한다" "가족을 먹여 살려야 한다" "돈을 벌어야 한다"는 등 경제적 성공과 가정에 대한 책임감을 부담해야 하는 역할을 강요받으며 자란다. 반면, 사회적으로 여성은 여전히 경제적 부담을 지기보다는 "이런 남자를 만나야 한다" "여자라면 이래야 사랑받는다" "그렇게 드세면 안 된다" 등 타인에게 사랑받고 '예쁘게 보일 것'을 강요받는 경우가 많다. 그래서인지 많은 남자가 경제적 성공을 본인의 행복으로 연관 짓고, 여자들은 대우받고 사랑받는 존재가 되는 데서 행복을 느끼는 경우가 많다.

사랑받는 것, 대우받는 것이 과연 나에게 있어서도 행복의 지표가 될 수 있을까? 절대 아니다. 왜냐면 그것들은 내가 조절할 수 있는 요소가 아니기 때문이다. 하지만 내가 사랑하는 사람에게 사랑을 주는 것, 내가 존중하고 싶은 사람을 대우해주는 것은 내 의지로 가능한 일이다. 내 인생은 내가 좌우할 수 있어야 한다. 남의 호의에 기대어 나의 행복을 결정한다면, 그것은 정말 불안정한 삶이 아닐까. 연애에도 파트너십이 필요하다. 나란히, 친구처럼 공평한 관계에서 서로에게 든든한 힘이 되어주고 함께 성장할 수 있는 그런 사람을 만나 맞춰가는 삶을 살고 싶다. 서로에게 무언가 필요하면 자신을 희생하고 상대를 책임지는 '동지'를 만나고 싶다.

나는 파워 'T'다(이 점은 아버지를 쏙 빼닮았다). 아주 섬세하게 누군가를 대하거나 애교 가득 살갑게 대화하기는 어려운 사람이다. 그래서인지 감성적이고 다정한 사람이 좋다. 나와 조금은 다른 면모를 가지고, 내가 배울 수 있는 점이 있는 사람에게 매력을 느끼기도 한다. 언젠가 나도 결을 맞추며 함께 나아갈 사람을 만나 가족을 만들고 싶다. '희생'이 결코 희생이 아닌 기꺼운 것으로 느껴지는 누군가를 나도 만날 수 있겠지.

기니피그 '우유' 일병 살리기

의학전문대학원에 다니면서 집에 있는 시간이 많아졌다. 도서관에 가지 않고 공부를 집에서 해서 그랬다. 의대, 치대, 한의대가 모여있으니 독서실에 가봐야 매일 같은 사람들이 앉아 있었다. 학교에서도 보는 친구들을 공부할 때도 또 보아야 한다니. 놀지도 못하고 공부해야 하는 판에 매번 똑같은 상황에 처하는 게 괜히 심통이 나서 퇴근하면 곧바로 집으로 가 처박혀 있곤 했다.

집이 제일 편하고 좋았다. 혼자 있는 시간이 늘어나면서 곁에 무언가 함께하면 어떨까, 상상해보았지만 금방 자신이 없어졌다. 초등학교 때 강아지 복실이와 고양이 미로, 두 마리를 보내고 난 뒤 생긴 증상이다. 그냥 다 내 잘못 같아서 오래된 마음이 또다시 아렸다.

그러다 기니피그 영상을 보는데 너무나 귀여웠다. 며칠을 고민하던 어느 날, 양산시 여기저기를 돌다 기니피그 농장에 닿았다. 수십 마리 기니피그 사이에서 장모종 한 마리가 눈에 들어왔다. 얌전하고 길들이기 쉬워 보이는 아이보다 요란하게 움직이는 녀석에게 더 마음이 갔다. 그 친구를 집에 데려왔다. 그저 귀여워서 데려온 것만은 아니었다. 어쩐지 농장에서 정신없이 섞여 먹이 경쟁을 하고 치이는 게 안쓰러웠다. 데려와 포근한 잠자리를 마련해주고 싶었다.

흰색에 커피 우유색이 섞인 기니피그. '라떼'라는 이름을 지어주었다. 라떼의 안식처를 마련해주려고 아크릴 공장이며 공방에 찾아가서 집도 지어주었다. 1층과 2층을 연결하는 터널을 만들어 설치하고, 초식인 기니피그에게 먹이려고 집에서 보리와 귀리를 키웠다. '커스텀'으로 포근한 이불도 손수 제작해주었다. 내가 이런 온갖 '이상한' 짓을 한 건 부모님도 모르신다. 이마트에 가서 무릎 담요를 사다 크기에 맞춰 자르고 다시 꿰매는 요상한 작업을 이어나갔다.

어느새 라떼 집 꾸미기는 내 취미가 되어 있었다. 중고나라를 뒤지며 기니피그 용품을 사들이고, 양산 이마트 반려동물 코너를 내 집 드나들듯 했다.

그러던 중, 매장에 놓인 기니피그들이 눈에 들어왔다.

'앗, 우리 집에도 기니피그 있는데.'

자세히 보니 그중 한 마리가 양 뒷다리를 끌고 있었다. 어쩐지 마음이 쓰였다. 쟤는 다리가 왜 저럴까, 하고 보고 있는데 거기 담당자가 말했다.

"쟤 뒷다리에 장애가 있는 것 같아요. 많이 커졌는데 팔리지 않아서 이제 다른 데로 보내거나 할 거예요. 아마 살기 힘들겠죠."

"그럼 저 주세요. 어디로 보내져도 죽는 거죠? 그러면 제가 데려갈게요."

불쌍한 마음에 5만 원을 주고 뒷다리가 불편한 기니피그를 데려왔다. 마트에서 동물을 '판다'는 것도 마음이 편치는 않았지만, 다리가 불편해 아무도 데려가지 않은 채 삶을 마감한다면 그 또한 마음 아픈 일이다.

그렇게 해서 나는 집에 기니피그 친구 둘을 두게 되었다. 새로 온 친구는 하얀색이라 '우유'라고 불렀다. 둘 다 암컷이었는데, 라떼와 우유는 친구처럼 지냈다. 매일 똥도 치우고 밥도 주며 제법 친해졌다.

한 번은 부산에 명의로 소문이 자자한 수의사 선생님이 계시다기에 우유를 데리고 갔다.

"얘, 그냥 다리만 끄는 거지 멀쩡하다. 그냥 이렇게 살아."

"네? 죽을병 아니에요?"

"아니야. 그냥 살어. 다리 끈다고 불쌍해 보이겠지만 그냥 그것만 너 눈에 거슬리는 거지 그냥 살아도 돼. 다리 끌리니까 까지지 않게 푹신하게 깔아주고."

"네에."

"근데 얘 살이 너무 쪘다. 뒷다리에 힘을 못 줘서 끌고 다니는데, 뱃살이 이렇게 쪄서 배가 바닥에 쓸려 헐었잖아. 살을 좀 빼면 되겠네."

다리를 끄는 게 안타까워서 자율급식을 했는데 도리어 다이어트를 해야겠구나. 허리 디스크에 문제가 있어 혜화에 있는 서울대병원에 갔을 때 의사 선생님에게 들은 말이 생각났다.

"체중이 더 불어나면 허리에 무리가 가서 안 좋습니다. 몸무게가 늘지 않도록 체중 관리하세요."

어쩐지 우유의 서러움에 공감이 됐다. 게다가 하마터면 애먼 아이가 마트 케이지에만 있다가 죽을 뻔했다. 다리를 좀 끌기는 해도 우유는 건강했다. 많은 생각이 스쳤다. 다들 너무 보이는 것만 믿고 사는 건 아닐까. 나조차도 말이다.

라떼의 털은 계속해서 자라났다. 그만큼 이발도 자주 해주어야 했다. 처음에는 정말 표현 그대로 '거지같이' 잘라놔서 바보 같았다. 점차 실력이 늘어서 나중에는 착착착 자르고 항문 주변도 깨끗하게 관리해줬다.

기니피그를 다루는 특수동물병원에 가서 종종 검진도 했다. 기니피그 장모종은 탈이 잘 나니까 평소에 관리를 잘해주어야 한다는 이야기를 들었다.

어느 날 라떼가 설사를 해서 또 부산 명의 선생님을

찾아갔다. 구수한 명의 아저씨(!)는 이런저런 검사를 권하는 대신 늘 "그냥 가도 돼. 별거 아니야" "그냥 살면 돼" 하고 큰 문제가 아니면 어떤 조치를 딱히 취하지 않았다. 그런데 라떼를 데리고 가니 표정이 사뭇 진지해졌다. 신중하게 만지고 살피더니, 입을 떼었다.

"얘는 설사 많이 했네. 항문이 다 헐었어. 유산균을 먹여야겠는데."

"그러면 유산균 사가면 될까요?"

"집에 다른 기니피그 또 키워?"

"네, 우유라고 그 다리 끌던 애요."

"그러면 유산균은 대부분 상업적으로 만든 거라 흡수율이 낮아. 너 비위 괜찮아?"

"네? 네. 저 비위 좋긴 한데, 왜요?"

"우유의 똥을 갈아가지고 그걸 먹여. 가축들한테 그렇게 많이 해. 설사 나면 다른 애들 똥에 있는 살아 있는 유산균을 먹이거든."

유산균을 사지 말고 똥을 먹이라는 거다. 어떻게 하나. 유산균 사도 되는데 귀찮으면 사 가고, 아니면 갈아서 해보라기에 일단 나는 해보겠다고 대답하고 나왔다. 명의 아저씨는 돈도 잘 받지 않아서, 그날도 만 원인가 진료비를 내고 나왔다.

집에 도착한 나는 우유가 '응가' 하기만을 기다려 조

심스레 채취했다. 우유의 응가를 갈고 있는데 문득 어이가 없었다. 내가 뭘 하고 있는 거지?

신선한 응가(!)는 갈리기는커녕 뭉개지기만 했다. 뭉개진 응가를 라떼가 먹을까? 아니나 다를까, 냄새가 나니 라떼는 쳐다보지도 않았다.

이번에는 응가를 햇빛에 잘 말렸다. 냄새는 훨씬 덜 했지만 라떼는 또 먹지 않았다.

'이런. 이거 어떻게 먹여야 하나……. 미치겠네'

머리가 어지러웠다. 먹이긴 먹여야 하는데. 그러다 불현듯 생각났다.

"아! 라떼 상추 좋아하지!"

상추에 우유 응가를 잘게 갈아 쌈을 쌌다. 쌈 크기가 내 새끼손톱만 했다. 요만한 상추쌈을 열심히 싸서 먹이니 라떼가 받아먹었다. 그러고는 이내 응가 맛이 느껴졌는지 화난 표정을 지었다. 한 번 더, 상추쌈을 새로 싸서 먹였다. 그냥 보기에는 상추이니 바보 라떼는 상추만 있는 줄 알고 잘도 받아먹었다. 그러곤 '어쩐지 기분은 나쁜데 일단 삼킬까?' 하는 표정을 지었다. 이내 다시 주면 절대 먹지 않는 라떼. 그런데 또 새로운 상추쌈을 싸서 주면 먹었다. '라떼야 미안해, 다 너 낫게 하려고 그러는 거야' 하고 새끼손톱만 한 쌈을 싸고 또 쌌다.

지금 생각해보면 황당한 일이다. 방에 앉아 기니피그 똥을 갈고 그걸 상추쌈을 싸고 있었으니. 그런데 정말로 라떼의 병이 나았다. 일주일을 열심히 '우유 응가 쌈'을 먹였더니 싹 나은 것이다.

'아 역시, 명의다.'

라떼도 우유도 수명대로 건강하게 살다가 갔다. 그로부터 몇 년이나 지났지만, 두 반려묘와 함께 지내며 화장실을 청소하다 이따금 응가를 쌈 싸던 일이 떠올라 입가에 미소가 지어진다.

내가 해봐야
아닌 줄도 알지요

"아빠, 이거 고장이 나서 못 하겠어요."

대여섯 살 무렵, 바이올린을 들고 아버지에게 갔다. 얼핏 보아도 가위로 줄을 싹둑 자른 모양새다. 그 어린아이가 바이올린 줄을 자르고는 눈을 동그랗게 뜨고 못 하겠다고 했으니. 얼마나 바이올린 배우기가 싫었으면 그랬을까? 나조차도 기억나지 않을 만큼 오래전의 일인데, 지금도 아버지는 영국에 살 때를 추억하며 이 일을 이따금 말씀하신다. 바이올린은 그렇게 부모님에게 난감한 기억으로 남았다.

바이올린, 피아노, 플루트, 태권도…….

모두 내가 배우다 만 것들이다. 부모님은 악기 연주를 못 하신다. 그래서 더더욱 나와 동생이 악기나 운동, 그림 그리기처럼 학교 공부에서 벗어난 취미를 가지거나 혹은 악기 하나는 다룰 줄 알기를 바라셨고, 어릴 때부터 다양한 경험을 해볼 수 있도록 도와주셨다.

어릴 때부터 나는 포기가 빨랐다. '아니다' 싶으면 절대 억지로 하거나 무리해서 끌고 가지 않았다. 포기 역시 나의 선택이었다. 안 하고 싶은 건 의사 표현이 확실했다. 내가 진정으로 원하지 않는 일, 내 마음이 닿지 않는 일에 시간과 노력을 들이고 싶지 않았다. 부모님 권유로 다니기 시작한 태권도는 육 개월, 친구들이 다 한다며 부모님이 보낸 피아노 학원도 일 년을 채 다니지 못하고 체르니로 넘어가면서 그만두었다. 부모님으로부터 왜 이렇게 끈기가 없냐는 이야기를 듣기도 했다.

미국 매사추세츠주 보스턴 지역에 살 때는 부모님의 제안으로 동생은 클라리넷을, 나는 플루트를 배우기 시작했다. 동생은 꾸준히 배워 학교 연주회에도 참석할 수 있을 만큼 실력이 늘었지만, 나는 이번에도 마찬가지로 일 년을 넘기지 못했다.

그렇게 맛만 보고 제대로 다룰 줄 아는 악기가 없는 채로 고등학교에 갔다. 당시 한창 펑크와 록 장르가 인기를 몰았을 때였다. 에이브릴 라빈과 밴드 폴 아웃 보이의 음악을 듣다 보면 속이 뻥 뚫렸다. 김경호의 샤우팅도 너무나 근사했다. 상큼한 아이돌 사이에서 모험적이고 실험적인 음악을 내세우며 세상을 향해 울부짖는 이들이 마치 구원자처럼 느껴졌다. 당시 내 일기장을 빼곡히 채웠던 것들이다.

쿵.

어느 날, 시끄러운 악기인 줄만 알았던 드럼 비트가 내 심장을 울렸다. 이거다.

당시 한창 인디 록에 빠져 있었을 때였다. 라디오만 틀면 록 음악이 나왔다. 그중에서도 펑크록은 내 귀를 사로잡았다. 그러던 중에 친구네 집에 갔다가, 방음이 된 방에 놓인 드럼을 마주했다. 두근두근, 무언가를 진정 배워보고 싶다는 마음이 그때 처음 들었던 것 같다.

발라드 록부터 하드록, 펑키한 음악을 듣다 펑크에 빠졌다. 멤버들이 비비안 웨스트우드 액세서리를 하고 나온 게 그렇게 멋져 보일 수 없었다. 학생일 때라 용돈으로 구입할 수는 없었고, 동대문이나 명동 가판대에서 해골 액세서리며 초커를 구입해 하고 다녔다. 은도 아니고 잘 변색되지 않는 써지컬로 된 액세서리들이었다. 비싼 걸 사면 또 그게 멋이 아니라고 생각하는 나름의 철학도 있었다. 체크무늬 치마에, 평소에는 하지 않던 보라색 아이섀도도 사봤다. '하면 안 될 것 같은데, 해볼까?' 하면서 눈 아래에 아이라이너를 처음으로 그려보기도 했다.

나도 저 음악의 대열에 합류하고 싶다는 강력한 욕구가 솟았다. 기타나 베이스는 바이올린의 트라우마 때문인지 줄을 잡을 생각만 해도 손이 저려왔다.

'드럼, 기타, 재즈, 보컬 입시 전문·취미반 모집'

외고에 합격하고 학교 앞을 돌아다니다 실용음악학원 하나를 발견했다. 당시 학교 아이들이 많이 다니던 입시학원으로 유명한 정보학원 옆의 작은 학원이었다. 유리문에 적힌 문구에 시선이 갔다. 학원 문 앞에 서서 나는 결심했다. 멋진 드러머가 되어야지 하고. 나는 그날로 부모님을 설득하기 시작했다.

"갑자기 무슨 드럼이야."

아버지의 첫 마디였다.

"너는 하는 악기마다 일 년을 못 넘기잖아. 또 잠깐하다 말 건데, 드럼을 네가 얼마나 배우겠다고 그래."

정말 하고 싶은 마음도 간절했지만, 하고 싶다는데 안 된다고만 하시니 오기도 생겼다.

"제가 제 입으로 하겠다고 한 건 정말 처음이잖아요. 열심히 오래 할게요, 네?"

내가 선택해서 시작하겠다고 한 거니 열심히 할 자신이 있었다. 며칠을 끈질기게 설득한 끝에 드럼을 배우기 시작했다. 그렇게 만난 드럼 선생님은 정말 좋은 분이었다. 당시 유명했던 밴드들과 가수들의 공연 세션으로 활동하시던 분인데, 그때만 해도 그냥 오가다 좋은 선생님을 만나 운이 좋다고만 생각했다. 지금 생각해보면 꽤 유명한 드러머를 스승님으로 둔 것이었다.

그 무렵 학원에서 입시반 아이들을 주로 가르치다 드럼을 취미로 배우겠다는 중학생을 만나 신이 났는지, 내가 귀여워 보였는지 선생님은 드럼의 기초부터 열과 성을 다해 가르쳐주셨다. 주 1회 수업을 등록했는데 언제든 와서 연습하도록 해주셨다. 수업 분위기도 자유롭고 떡볶이까지 사주시니 더 신나게 열심히 할 수 있었다.

외고 입학을 앞두고 드럼 학원에 다니며 정말 즐거운 시간을 보냈다. 내가 즐거워서 하는 연습이라 신이 나 들락거리는 나를 선생님도 예뻐하셨다. 자연스럽게 드럼도 잘 치게 됐다. 그래서 선생님이 재즈 드럼도 가르쳐주신다고 했는데, 나는 밴드부 들어가면 록만 할 거라고 록 드럼만 고집해서 연습을 계속했다.

외고에 입학해서 유학반 밴드부에 들어갔다. 학원을 그만두고도 밴드 연습을 하다 잘 안 되는 게 있으면 선생님께 쪼르르 가서 여쭤봤다.

"선생님! 이게 잘 안 돼요."

웃으며 다 알려주시던 기억이 아직도 선명하다. 얼마나 감사한지 모른다. 나를 딸처럼 아껴주고 챙겨주셨다. 나중에라도 언제든 밥 사줄 테니 찾아오라고 하셨다. 그러다 그분은 인생 계획에 '여유'를 한 방울 추가하시려 했는지 아내와 함께 제주도로 이사하셨다.

나는 기억이 잘 나지 않는 일화인데, 그때부터 나는 의사가 되고 싶다고 했단다.

선생님이 "너 의사 되면 돈 많이 벌 테니까 그때 선생님 맛있는 거 사줘" 하니, "근데 저는 어려운 사람들 도와주는 의사 될 거라서 돈은 많이 못 벌걸요?" 이렇게 말했다는 거였다.

그렇게 나는 외고 유학반 첫 여성 드러머가 되었다. 3년을 유학반 밴드부에서 함께하며 공연했다. 학교에서 주최하는 자선 공연도 하고, 인디 공연장을 찾아다니며 외고 밴드부끼리 모여서 따로 공연하기도 했다. 다른 밴드들과 모여 자선 공연을 열어서 수익금을 기부한 적도 있다. 그때는 유명한 밴드 누구누구가 여기서 공연했다더라 하면 거기를 예약해서 공연했다. 홍대에 있는 작은 홀이었다. 지금 생각하면 정말 눅눅하고 어두침침한 홀인데, 그때는 그 무대에 서는 것이 밴드부로서는 정말 자부심을 가질 만한 일이었다.

중학교 3학년 말부터 대학교 2학년 때까지 드럼을 계속했다. 그렇다면 피아노와 플루트, 바이올린을 했던 시간은 헛된 시간이었을까? 아니다. 음악의 기초와 각 악기의 특성을 배웠다. 뭐든 해봐야 알 수 있는 것이다. 내게 재미있는 일인지, 아닌지는 해보지 않고는 알 수 없다. 부모님께도 감사하다. 내가 아니라고 했을 때 억지로 계속 시키지 않고 내 의견을 존중해주셨으니 말이다. 드럼 스틱을 잡은 지도 제법 오래되었지만, 헬스하는 사람들만큼 손에 굳은살이 박였던 그 느낌은 아직도 선명하다. 드럼과 동아리 활동은 이제 학창 시절의 행복한 추억으로 남았다.

티격태격 룰루랄라
우리 가족

나는 필요한 게 있으면 '나 이거 할래요' 하고 의사를 밝히는 편이다. 웬만한 것은 알아서 잘 챙기고, 부모님의 도움이 필요할 때만 정확히 이야기하는 성격이어서 그런지 우리 할머니는 맨날 나를 "똑 선생"이라고 부른다.

과거에 한번 속상해서 부모님에게 뭐라고 한 적이 있다. 방학 때 잠시 한국에 왔다가 미국으로 돌아가는 남동생에게 엄마가 대한항공 직항을 끊어준 것이다. 나는 혼자서 열심히 알아보며 여러 번 경유하더라도 최저가인 항공편을 찾아 헤맸다(심지어 고등학교 때 열여섯 시간을 경유해서 해외 봉사활동에 간 적도 있다). 그러고 나서 얼마가 필요해, 하면 10원 단위로 딱 맞춰서 보내주셨는데, 동생에게는 직항 티켓이라니!

물론 백 퍼센트 어머니 탓은 아니다. 동생이 비행기표를 알아보지 않은 터라 출국 날짜에 임박해 마음이 급해진 어머니가 국적기 직항을 결제해버린 것이다. 임박해서 샀으니 표도 가장 비쌀 때였다. 그 이야기를 듣는데 갑자기 열이 치솟았다.

"왜 동생만 직항 끊어줘?"

"무슨 소리야 그게."

"나는 한 번도 직항을 탄 적이 없는데, 만날 여기저기 경유해서 싸게 가는 것만 탔잖아. 그런데 쟤는 직항 턱 끊어주고!"

"네 동생은 이런 거 잘 못 챙기잖니."

"그런 게 어딨어, 나도 챙겨줘!"

"알았다, 알았어."

비행기 좀 타본 사람이라면 이해할 것이다. 저가 항공사는 물도 사 마셔야 해서 물 안 마시고 타면 갈증을 참으면서 가야 하고, 기내식이 맞지 않는 다른 나라 비행기라도 탔다간 한 끼도 제대로 못 먹는다. 경유하면 체력적으로도 피곤하고, 여유롭게 경유 시간을 2시간 정도 두고 비행기표를 끊었는데도 짐 커넥팅이 안 되거나(자동으로 짐을 연결해주지 않고 짐을 찾았다 다시 부쳐야 하는 것) 갑자기 다른 터미널로 가야 하는데 그 터미널이 제법 멀거나 하면 정말 인생이 피곤해진다. 그래도 몇만 원, 몇십만 원 아끼려고 난 그렇게 타고 다녔는데. 억울해서 죽을 뻔했지만 한 번 생긴 습관은 잘 변하지 않았다. 막상 반항하는 마음에 직항을 한 번 결제해보려 했지만, 최저가 항공 가격을 보면 결제할 수가 없다.

　　몇 년이 지나, 인턴십으로 미국에 갈 일이 있었다. 그때도 경유하는 항공편을 이용했는데, 어머니는 갑자기 예전 기억이 떠올랐는지 정말 뜬금없이 경유편 중 한 구간을 아메리칸에어라인 마일리지를 사용해 승급된 좌석으로 끊어주셨다. 부모님도 비즈니스석을 타지 않는데 큰맘 먹고 해주신 것 같았다. 처음 타본 승급석은 정말 천국이었다. 잔다고 하면 승무원이 좌석을 펼쳐 시트를 깔아 침대처럼 만들어주었다. 충격적인 서비스였다. 꿀잠을 잘 줄 알았는데 오히려 설레서 잠을 못 자고 와인을 종류별로 요청해서 마시고 책자 한 장 한 장을 다 읽으며 좋아했던 기억이 있다. 기내식은 코스로 나왔는데 하나 나올 때마다 메뉴판이랑 대조해보면서 신나 했다. 이후로는 한 번도 아메리칸에어라인을 탄 적이 없지만, 그때 한 번 탄 것으로 최근까지도 '골드 멤버십'을 유지해주고 있다. 자본주의의 맛이란!

　　내 동생은 나와 달리 정말 섬세하다. 이건 정말 동생의 큰 장점이다. 감정선이 살아 있고 사려 깊어서 말도 예쁘게 하고 표현이 풍부하다. 맛집에 가도 나는 "어, 맛있네" 하고 만다면, 동생은 "오, 이거 셰프님이 이렇게 이렇게 했나 보다. 가지 식감이 좋고 후추 향이 느껴져. 고소한 맛은 어디서 나는 걸까?" 하면서 예쁘고 수다스럽게 표현한다. 그래서 어머니는 동생을 지금도 참 예뻐한다.

어머니의 면회 횟수는 코로나 시절에 제한되어 있었다. 그래서 주로 편지로 소통했다. 나는 이과답게 편지에 번호를 붙여가며 메모하듯이 썼다.

1. 오늘 내가 한 일
2. 이번 주 내 일정
3. 오늘 제가 올린 입장문 (복붙)
4. 엄마 건강 문제 – 스트레칭 꾸준히 하시길,
　　　　　　　최근 당뇨 수치 보고하길

내가 보내는 편지가 이렇다면, 동생은 '엄마 오늘 구름이 무슨 색이었어요. 엄마가 없으니까 집이 너무 허전해요, 보고 싶어요~~.' 마지막 꼭지에도 '다음에 또 쓸게요. 어디 어디에서 쓰는 편지, 엄마를 사랑하는 막내아들이' 하는 식이다. 이렇게 다른 우리다. 아버지도 나처럼 넘버링하는 걸 좋아해서, 동생이 오늘 구름이 어쩌고 하면 아버지는 '그래서 용건이 뭐야' 하신다. 어머니와 동생은 파워 F! 아버지와 나는 T다!

ENTJ인 나, ISTJ인 아버지, 어머니와 동생은 INFP다. 일이 있어 가족이 1시에 출발하기로 하면 아버지와 나는 12시 반에 준비를 마치고 기다렸다가 12시 50분에 차에 가서 시동 걸고 예열해놓는다면, 어머니와 동생은 1시가 되어도 안 나온다. 마지막 순간까지도 무언가 하느라 부산하다. 그렇게 나오면서 꼭 한마디씩 한다.

"1시에 출발하기로 했는데 왜 이렇게 미리 나와서 저러고 있어."

"또 저래, 분명 우리 빨리 나오라고 부담 주려는 거야. 무언의 압박인 것이지. 부들부들."

지금은 비록 떨어져 지내고 있지만, 우리 가족의 마음 속에는 매일 티격태격하던 예전의 일들이 다정하고 유쾌한 기억으로 남아 있다. 게다가 우리 가족은 끼리끼리여서 더 좋다. 같은 성격끼리 서로 이해하고 소통하고, 또 다른 성격의 가족과는 부족한 부분을 채워주니 말이다.

우리 가족은 여행을 갈 때도 성격 차이가 드러난다. 운전은 무조건 아버지와 나의 몫이고, 어머니와 동생은 따라다니며 즐기는 게 일이다. 두 사람은 계획을 짜는 일엔 관심이 없지만 말이 많다. 열심히 운전하고 있는데 옆에서 게임을 하면서, "누나, 우리 어디 가는 거야? 근데 너무 멀미 난다. 운전 조금만 천천히 해주면 안 돼?"라고 한다.

내가 "우리 사진관 가서 가족사진 찍을 거야" 하면, 어머니는 뒤에서 "미리 말해줬어야지! 그럼 화장이라도 하는 건데. 아유 참" 하신다.

"이미 세 번이나 말했어!"

"그래도 가기 전에 한 번 더 말해줬어야지. 아유 돈

아깝게 무슨 사진을 찍어."

잔소리는 이런 식으로 계속 늘어난다. 그런데도 나는 우리 가족이 참 잘 맞는다고 생각한다.

"여기 안 왔으면 어쩔 뻔했어. 정말 좋다. 민아 정말 고맙다!"

"사진 진짜 잘 나왔다. 이거 정말 마음에 들어! 언제 이런 사진을 찍겠니, 민아 이런 델 어떻게 찾은 거야!"

좋은 것에 대한 표현을 또 이렇게 해주신다. 결국은 모두가 내 계획대로 움직인 데 너무너무 만족해하신다. 우리 가족은 참 내가 봐도 재미있다.

일정이 길어지는 여행이면 아버지는 가지 않으신다. 학교 일이나 공적 업무가 긴 여행을 허용하지 않는 모양이었다. 여행하다 보면 항상 어김없이 아버지한테 잘 지내나 확인 전화가 오는데, 그럴 때마다 어머니는 꼭 불평한다.

"민이가 우리를 막 끌고 다녀. 오늘도 어쩌고저쩌고. 사진관에는 또 왜 또 가는지. 그냥 찍으면 되지, 우리가 왜 사진관에 가야 해. 민이 좀 말려봐" 하고 나를 바꿔준다. 그러면 받자마자 아버지의 한마디.

"고생이 많다."

"네."

"잘 다녀와라."

"네."

"그래 끊는다."

말 안 해도 서로 이해한다. 더 말해봤자 어머니가 다시 전화를 받아 이야기가 길어질 게 뻔하다.

그러고 나서 돌아오면 어머니는 일주일 내내 여행 가서 찍은 사진을 들여다보신다. 보고 또 보고, 크게 인화해서 액자에 걸어놔야 한다면서 감동하고. 그 모습이 난 또 재밌다. 어머니와 동생은 또 나와 아버지가 놓치기 쉬운 섬세한 일이나 미묘한 감정선이 관련된 일을 잘 처리해준다. 전기 수리 기사님을 부를 때에도 나는 일주일 뒤에 방문하겠다 하면 그냥 알겠다 하는데, 어머니가 전화를 받으면 이렇게 저렇게 사정을 잘 얘기해서 내일 오는 것으로 당겨지기도 한다.

아무튼 굉장히 신기하다. 내가 안정적으로 성장할 수 있었던 것도 두 분이 각자 다른 방식으로 지원해주셨기 때문이 아닐까?

저릿한
첫 체벌의 기억

"공부 좀 했네."

우리 부모님은 내가 평균 80점대만 받아와도 이렇게 말씀하셨다. 그래도 어쩐지 욕심이 나서 스스로 아쉬운 마음에 학원에 다녀볼까 하는 마음이 들었다. 게다가 친구들이 다 방이역에 있는 종합학원에 다닌다기에 "그럼 나도 다녀볼까?" 했더니, 친구들이 "그래, 너 왜 학원 안 다녀? 너 그러다 큰일 나, 대학 가려면 학원 다녀야 해"라고 하는 게 아닌가? 아버지께 학원에 등록하고 싶다고 얘기해서 카드를 받아다 혼자 등록했다. 이 학원을 떠올리면 지금 생각해도 손끝이 아려오는 추억이 있다.

수업 첫날, 문제를 많이 틀렸다. 그때는 체벌이 존재할 때였고, 학원의 방침은 틀린 만큼 맞는 것이었다. 첫날이니 뭐 아는 게 있었겠는가. 엄청나게 틀리고 손을 내밀라기에 내밀었다. 그간 체벌을 당해본 적이 없는데—부모님은 한번도 나를 때린 적이 없다. 미국 학교에서도 물론— 처음으로 학원에서 손을 내밀라기에 '손을 왜 내밀까?' 했더니 회초리로 때린다는 것이다. 그것도 틀린 개수만큼.

일단 손을 올려 한 대를 맞았다. 너무 아팠다. 두 번째 맞을 때 움찔, 피하면 더 아픈 법이다. 가만히 있었어야 했는데 피하면서 손가락뼈를 맞았다. 그래도 '때린 선생님 잘못이 아니라 피한 내 잘못'이었던 시절이다. 수업을 듣는데 나아지질 않고 점점 아파서 정형외과에 갔더니 뼈에 금이 갔다는 것이 아닌가. 내가 피하다가 뼈에 제대로 맞은 거였다. 그대로 깁스를 하고 집에 갔다.

집에 가니 아버지는 기가 막히다며 할 말을 잃으셨다. 그간 매 한 번 들지 않고 나를 키우셨는데 제 발로 카드를 들고 가서 학원비를 긁고 오더니, 손가락뼈에 금이 가서 돌아왔으니 황당하실 만도 하다. 부모님은 바로 학원에 연락해 강력하게 항의하시면서 "학원 정책은 존중하지만 내 딸 체벌하는 곳에는 못 보내겠다"고 말하고 남은 수강 일수만큼 환불받았다. 내 처음이자 마지막 체벌의 기억이다.

학교 수업만 듣고 시험을 보면 반에서 5~10등 정도의 등수가 나왔다. 나는 학창 시절 내내 "100점 맞아야 한다" "틀리면 안 된다"는 이야기를 들어본 적이 없다. 그러니 학원을 안 다니고도 궁금한 게 생기면 찾아보고, 공부하면서 학교 수업을 듣는 생활을 했던 것 같다. 부모님도 "민이가 나중에 뭘 해서 먹고살지는 모르지만, 네일숍을 하고 싶으면 네일숍을 차려주고, 또 다른 것이 하고 싶으면 지원해줄 수 있게 엄마 아빠가 돈을 많이 벌어놔야겠다"고 농담하시는 등 성적에 큰 기대를 걸지 않으셨다. 다만, "너 공부 안 해도 되고 행복하게 살면 좋겠어. 근데 소망이 있다면 '인서울'은 하면 좋겠다"고는 말씀하셨다. 멀리 안 보내고 서울에서 같이 지내고 싶은 부모 마음이었을 것이다. 두 분 다 성적에 크게 목매지 않고, 그 시기에 다양한 경험을 할 수 있도록 지원해주셨는데, 나는 그 점이 너무나 고맙다.

　　나름으로 성실하게 학교생활을 하던 와중 아버지가 교환교수로 가시게 되었다. 하버드 옌칭 연구소(Harvard-Yenching Institute)로 가시면서 나도 따라가게 되어 보스턴 지역에서 일 년 정도 살았다. 벨몬트 고등학교라는 공립학교에 들어갔다. 당시 나는 중학교 3학년이었는데, 미국은 고등학교가 4년제라 내가 고등학교 1학년으로 들어가게 된 것이다. 거기서는 모두가 학원에 다니지 않았다. 과목도 일률적이지 않고 내 수준에 맞는 과목을 선택해서 들을 수 있었다. 수학을 잘 모르면 기초과목을 듣고, 잘하면 미적분을 들을 수 있는 그런 시스템이었다. 나는 기하학을 선택해서 들었고, 나머지도 내가 듣고 싶은 과목을 선택해서 들었다. 영문학과 조각(미술은 필수였다) 수업을 들었다. 수업만 열심히 듣고 공부해도 이상하게 성적이 잘 나왔다. 심지어 영문학은 현지 친구들과 같이 들어서 성적이 잘 나오지 못할 줄 알았는데, 첫 학기부터 더블아너(HH)가 나와서 지역신문에 기사가 났었다.

기억나는 일화가 있다. 찰스 디킨스의 『위대한 유산』을 읽고 미스 해비샴에 빙의해서 시를 쓰는 과제가 있었다. 미스 해비샴은 결혼식 당일 식장에 가려고 드레스를 입고 있던 9시 20분에 예비 신랑으로부터 편지 한 통을 받고 버림받은 불운의 캐릭터다. 이후로 그녀는 '그날 9시 20분'에 삶을 멈춘 채 세상을 등지고 살아간다. 나는 미스 해비샴이 되어 '평생 사랑을 받을 거네 마네, 남편이 돌아올 거네 마네, 나는 여전히 예쁘다네 어쩌고저쩌고⋯⋯' 이런 내용으로 시를 썼다. 이걸로 학년 우수상을 받기도 했다.

당시 아시아계 학생들이 수학을 너무 잘해서 수학에서는 A+를 쓸어갔는데, 영어 과목에서 상을 받은 건 많이 못 봐서 굉장히 뿌듯했다. 공부 욕심이 생긴 건 그때부터였던 것 같다. 노력하는 만큼 성적이 나오고, 내가 원하는 공부를 골라서 들을 수 있으며 학교 수업만 잘 들어도 성적이 잘 나오는 그런 환경이 나는 너무 좋았다.

"나 여기 있을래, 나 한국 안 돌아가고 싶어. 나 여기서 공부해서 대학 갈래" 하고 부모님에게 떼를 썼다. 미국에서 한창 잘 적응하고 있었고 성적도 잘 나왔는데 들어오기 너무 싫었다. 아버지의 비자가 만료된 후, 미성년 자녀가 혼자 있는 건 불법이기도 해서 아버지는 단호히 반대하셨다.

게다가 사립학교나 기숙학교는 비용이 너무 많이 들어서 그 당시 우리 가족 재정으로는 감당할 수 없었다.

부모님은 미안했는지 외고 유학반으로 가면 해외 고등학교와 비슷한 교과과정을 거칠 수 있다고 하셨다. 그때 나는 적극적으로 또 학원에 가야겠다고 마음을 먹고 압구정에 위치한 외고 입시학원에 다녔다. 입시 철이 되니 학원에서 어느 학교에 넣으라고 컨설팅도 해주고 사실 굉장히 편했다. 학원에서 하라는 대로 배우고 지원하라는 대로 지원하니 어느새 한영외고 유학반 입학허가서를 받았다.

고등학교 때, 아침 6시 10분이면 스쿨버스가 왔다. 방배동에 살 때인데, 6시 10분에 버스를 타면 남부순환로를 따라 대치, 도곡, 잠실까지 친구들을 다 태우고 갔다. 그러면 늦어도 5시 반에는 일어나야 했는데, 부모님 중 누구도 나를 깨워주지 않았다. 혼자 잘하리라 믿으셨던 것 같다. 나 혼자 불 켜고 준비하고, 편의점에서 삼각김밥을 사 가지고 아무도 없는 스쿨버스에서 먹었다.

편의점 아주머니는, 아무도 아침을 안 해주냐며 왜 아침에 맨날 혼자 와 가지고 삼각김밥만 먹냐고 하셨다. 부모님은 내가 알아서 잘할 거라고 믿으셨던 모양이다. 동생을 챙기기에도 바쁘셨을 테고. 동생은 깨워야 일어나는 편이라 깨워서 아침에 학교 보내고 그러느라 정신이 없으셨을 것이다. 밤에는 9시 50분쯤 스쿨버스를 타면 10시 반 11시

사이에 집 앞에 내렸다. 걸어서 집에 들어가면 숙제 시작. 부모님과 대화는 거의 못 했다.

나는 고등학교 때 부모님의 간섭은 아예 없이 필요한 때 용돈만 받고 지냈다. 학부모 회의에 친구들 부모님이 오실 때도 우리 부모님은 거의 오지 못하셨다. 훗날 알게 되었지만, 유학반 아버지 모임도 있었다는데 내게는 금시초문이었다.

유학반은 국내반과 조금 분리된 공간에서 수업을 받아서 같은 반 친구들과의 사이가 더 돈독했다. 다른 건물을 쓰는 것은 아니었지만 별도의 건물처럼 나뉘어져 있었다. 유학반은 한 반뿐이라 3년 동안 계속 같은 친구들과 함께였다.

국내반 아이들은 내신과 수능에 집중하고, 나를 포함한 유학반 친구들은 해외 유학을 준비했다. 그때는 스스로 부족한 게 있다 싶으면 부모님께 부탁해서 학원에 다녔다. 왜 내가 못 따라가지? 싶으면 내가 원해서 학원을 선택해서 다녔지 부모님이 강요한 적은 없었다.

지금 생각해보면 부모님께서 내가 알아서 잘하고 필요하면 알아서 요구하니, 나를 믿고 내버려뒀던 것 같다. 부모님이 학교에 하도 오지 않아 고3 담임선생님께서 어머니께 전화하여, "어머니, 고3 엄마가 학교에 한 번밖에 안 오시면 어쩝니까? 그것도 학기초에만요"라는 소리를 들을 정도였다.

부모님의 강요에 의해서가 아닌 내가 선택한 삶에서 방향을 찾아갔던 지난날. 공부만 강조하지 않고 여러 환경에서 다양하게 경험해볼 수 있도록 지켜봐주신 부모님께 감사하다. 지금 대입을 앞둔 학생들도, 팍팍하게 입시를 준비해야 하는 상황이겠지만 보다 다양한 경험을 할 수 있도록 환경이 조성되면 어떨까. 그러면 훗날 진로를 결정할 때도 덜 고민하고, 결정한 이후에도 덜 후회하게 되지 않을까?

2장

가을 해는 따가워도
열매를 무르익게 해

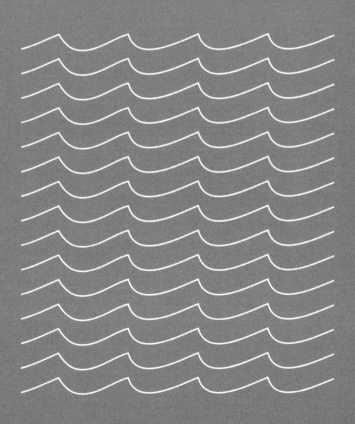

나는
왼손잡이야

한국 사회에서 왼손잡이로 성장하기란 생각보다 쉽지 않다. '왼손잡이는 고집이 세다'는 말이 있는데, 어쩌면 편견이 아닐지도 모르겠다. 부모님에게 혼나면서 고집을 꺾은 왼손잡이들은 이미 어린 시절에 오른손잡이가 되었을 테니까.

나는 조금 다른 경우이긴 하다. 어머니는 왼손잡이였는데, 부모님, 그러니까 나의 외할머니 외할아버지에게 하도 혼나서 오른손으로 바꾸셨다. 타고나기를 왼손잡이라서 그런지 어머니는 아직도 글씨 쓰는 속도가 느리다고 굉장히 불편해하신다.

내가 어렸을 때, 왼손을 쓰기 시작한 것을 보고 우리 부모님은 나에게 뭐라고 하지 않으셨다. 그러나 살면서 불편한 일을 많이 겪기는 했다. 팔걸이를 열어 상판을 꺼내어 쓰는 책상은 왜 항상 오른쪽에 있는 걸까? 찻주전자 중 손잡이가 90도인 것은 왜 무조건 오른손잡이용일까? 칼날은 왜 항상 오른쪽으로만 날을 세울까? 그래서 나는 칼로 빵에 잼을 바를 때도 칼등 쪽을 쓰곤 한다. 요즘은 양손잡이, 왼손잡이용 가위도 제법 나오지만 내가 자랄 무렵에는 가위도 항상 오른손잡이용뿐이었다. 식당에 가면 테이블세팅도 우측에 해준다.

글씨를 쓸 줄 알게 되고부터, 나의 왼손 손날은 늘 까맣게 물들어 있었다. 글을 쓸 때 왼쪽에서 오른쪽으로 써 나가기에 손날이 글씨를 덮으면서 지나가기 때문이다. 하지만 나는 왼손잡이로서의 '프라이드'를 가지고 있다. 부모님은 나에게 왼손잡이만의 자긍심을 느낄 수 있도록 알려주셨다. 혼내지 않고, 왼손잡이는 특별하고 좋은 것이라고 알려주셨다.

"왼손잡이는 오른손잡이보다 우뇌가 발달해서 좋대"
"억지로 바꾸지 마, 나중에 양손잡이가 될 수도 있어" 하고.

물론, 난 오른손으로는 할 줄 아는 게 전혀 없어 양손잡이로 사는 것은 글렀다. 하지만 이건 부모님께도 말하지 않은 비밀인데, 왼손잡이면 바 테이블에 남자친구와 나란히 앉았을 때 나는 왼손만 쓰고 남자친구는 오른손만 쓰기 때문에 손을 잡은 채로 식사를 할 수 있어 좋다.

생각해보면, 사람이 태어났을 때 오른손만 주된 손으로 쓰게 태어났을 리가 없다. 오른쪽 위주로 구성된 체계는 사회적 학습의 결과일 따름이다. 자유롭고 평등한 조건에서 쓰고 싶은 손을 쓰게 했다면 왼손잡이와 오른손잡이가 반반인 세상이 되지 않았을까? 나는 그런 면에서 운이 좋았다. 내가 선택한 손을 자유롭게 사용하도록 존중 받으며 자랐으니 말이다. 내 주변에는 그 누구도 내가 왼손을 쓴다고 뭐라 하는 사람이 없다. 가끔 "왼손으로 글씨를 기깔나게 쓰네" 하는 소리는 들었어도 "왼손을 왜 쓰냐?"는 등 비난의 말은 들은 적이 없다. 부모님 세대와는 확실히 다른지, 친구 중에서도 왼손잡이가 꽤 많아서 이제는 왼손잡이가 특이한 존재라고는 생각되지 않는다.

내 인스타그램 아이디는 'minchobae'다. 사람들이 여기서 민초가 무슨 뜻이냐고 많이들 물어본다. 반응이 썩 유쾌하지는 않아서 '왜 그러지?' 했는데 민트초코를 떠올렸다면, 반은 맞고 반은 아니다. 나의 영어 이름이 'Min Cho'이기 때문에, 고등학교 때부터 친구들은 나를 '민초'라는 별명으로 불렀다. 동시에 나는 민트초코를 좋아하는 '민초파'다. 민트초코를 좋아하지 않는 사람들이 보는 어떤 시선이 있었다. 그런데 뭐 어떠한가?

우리나라에서 민트초코를 좋아하는 사람들은 자신의 '정체'를 숨기며 살아간다. 남들이 좋아하지 않는 것을 좋아하면 특이하게 보니, "민트초코, 그거 왜 먹어? 치약맛 아니야?" 하는 사람들 사이에서 차마 "나 민트초코 좋아한다고!" 하지 못한다. 그러곤 조용히 같은 취향의 사람을 발견하면

동질감을 느낀다.

내가 지금까지 그런 삶을 살아와서 그런지 모르겠지만, '내 이미지가 지금 어떨까?' 하고 움직이기보다는 미련이 없을 때까지 뭐든 해보고 싶다. 나를 나쁘게 볼 사람들은 내가 무얼 해도 나쁘게 볼 테니 해보고 싶은 것들은 다 해볼 테다.

나의 소중한 꿈을 부당하게 포기하게 되어 어떤가 하고 묻는 사람들. 하지만 해보고 해보다 안 되면 어쩔 수 없는 것이다. 내가 앞으로 의사가 아닌 다른 일을 할 때도 나는 남들이 하지 않은 경험을 했으니 더 단단한 면이 있을 것이다. 또 누군가는 내가 해보지 않은 경험을 했으니 다른 방향에서 또 단단한 면이 있겠지. 그저 내가 하고 싶은 일을 찾고, 제2의 인생이라고 할 수 있는 삶을 스스로 구축해나가고 싶은 것뿐이다.

부산대 의전원 입학 취소 결정에 대한 항소를 포기할지 생각할 때, 고민이 많았다. 주변에서는 내가 포기하면 일단 실질적 이득이 사라지기 때문에 어머니가 세상에 빨리 나올 수도 있다고 했다. 또, 재판을 받고 있는 아버지에게도 유리한 정황을 조성할 수 있다는 이야기도 들었다.

하지만 이건 사실 내 인생이기 때문에 부모님을 이유로, 부모님을 위해 나의 지난 10년을 내려놓을 수는 없었다. 부모님께는 죄송하지만, 부모님을 1순위에 놓고 내 인생을 생각하기에는 내 삶이 우선 너무 힘들었다. 부모님 또한 부모님 때문에 내가 어떠한 결정을 내리는 것을 원하지 않으셨다. 나에게 평생의 죄책감을 느끼며 살아가기보다는 내가 옳다고 생각하는 것을 선택하라고 하셨다. 그래서 고민했다. '나 자신'에게 가장 좋은 선택은 무엇인지 고민해보았다.

내 인생에서 사람들의 평가는 중요한 요소가 될 수 없다. 그런데도 사람들의 시선을 내 인생의 판단기준으로 삼아버리면, 그 순간부터 내 삶은 남의 것이 된다. 외적인 요소에 내 내면이 휘둘리게 둘 수는 없다. 나는 나의 깊은 내면에서 정말 내려놓을 만한 이유가 있는지 생각해보았다.

내가 아는 '정치인 자녀'들은 대개 다음의 세 부류에 속했다.

1. 조용히 숨어 산다.
2. 아예 정치를 한다(혹은 정치적으로 발언하면서 정치적으로 행동한다).
3. 변두리에서 사고를 친다.

이 세 부류는 모두 타자화된 자신이다. 세 경우 모두 끊임없이 평생을 '누구 딸 누구' '누구 아들 누구'라는 이름표를 단 채 살아가기 때문이다. 시간이 지나도 그 이름표로만 남을 뿐이다. 조용히 살면 어떨까? 부모를 빼고는 세상에 존재하지 않게 되어버린다.

조용히 숨어 살아도 정치인의 자녀, 정치를 하면 부모의 후광을 업은 정치인, 사고를 쳐도 사고를 친 정치인 자녀로 정리된다.

나는 그렇게 되고 싶지 않았다. 셋 중 어느 쪽도 되고 싶지 않다. 나는 정치인이 될 생각이 없다. 사회적으로 너무 알려져서 조용히 숨어 살기에는 이미 늦었고, 아버지의 후광을 이용하거나 정치와 연관된 일을 하고 싶지 않다.

조민이라는 이름으로 성공하고 살려면 어떻게 해야 할까? 우선 정치적인 발언은 자제해야 한다고 생각했다. 그럼에도 숨어있고 싶지 않으니 세상에 나왔다. 나오되, 비정치적이고 싶었다. 비정치적으로 무언가를 이루고 싶다는 생각이 들었지만 그게 무엇인지, 어떻게 이룰지는 아직 잘 모르겠다. 찾아나가는 중이다.

어른들, 특히 정치 쪽에 몸담은 분들은 주변에서 나에게 이런 말을 많이 한다.

"너 누구 딸인데 이렇게 행동해야 하지 않겠니?"

"인스타에 봉사활동 하는 거 보여줘야 하는 거 아니냐?"

"이미지 좋아지게 어려운 환경에서 땀 흘리는 것 좀 보여줘라."

"마라톤 대회 나가서 몸 쓰는 거라도 좀 보여줘."

정치하는 사람들은 땀 흘리는 모습, 봉사하는 모습을

참 좋아한다. 이유가 어떻든 땀 흘리는 이미지 그 자체를 참 좋아하는 것 같다. 겉으로 보이는 이미지 말이다.

내가 그분들의 말을 따르면 나는 정치인이자 사회인 '조국'의 딸로서만 이미지가 굳어질 것이다.

사람들이 나에게 원하는 게 그것일 수도 있다. 아버지 딸로서 아버지를 서포트하고, 착하고 예쁘게 잘 자란 딸로서 행동했으면 하는 사람들의 바람과 기대를 나는 온몸으로 느끼며 자랐다.

정말 감사한 조언들이지만 나는 하나도 듣지 않는다. 나에게는 자신의 개성이 있다. 누구 딸로서의 그런 개체가 아닌, 사람들이 원하는 나의 모습을 보여주는 것이 아니라 진정한 나 그 자체. 나 자신을 알리게 되더라도 내가 어떤 사람인지를 사람들에게 보여주고 나라는 사람을 이해할 수 있도록 하고 싶다.

재판에 나갈 때, 브랜드 이름이 알려진 가방을 들고 나갔다. 정가 70만 원 정도 하는 가방이었다. 나는 명품을 좋아하지 않는 편이다. 실제로 그 가방도 내가 가진 것 중 비싼 축에 속하는 가방이었다. 그런데 기어이 그게 문제가 됐다. 정치계 사람들은 말했다.

"앞으로 그 가방 들지 마라, 사람들이 비싸다고 욕한다"라고.

하지만 내 생각은 반대다. 아예 다른 생각이다. 나는

아버지 말도 수긍하기 어렵다면 듣지 않는다.

"그 가방 가지고 언론 기사가 여럿 나오던데 그거 꼭 들어야겠냐?"

아버지가 말씀하셨다. 하지만 나는 그럴수록 더 들어야 한다고 생각한다. 그래서 나는 그 가방을 또 들었다. 우리 집 형편이 아주 어렵지 않다는 걸 사람들은 안다. 70만 원 정도 하는 가방을 내가 드는 게 아주 못할 짓은 아니지 않은가? 내가 빚을 져서 초고가 명품을 든 것도 아니고, 내가 돈을 벌어 구매한 것이었다. 그리고 그런 가방을 처음 들었을 때만 떠들썩하지, 같은 가방을 두 번 세 번 들면 이슈도 되지 않는다. 그렇게 나는 그 가방을 들고 다시 문밖을 나선다. 밀고 나간다.

만일 내가 만 원짜리 에코백이나 구멍이 난 가방을 들고 다니면 사람들이 좋게 볼까? 아마 그러고 나오면 내게 '가식을 떤다'고 할 것이다. 꼬투리를 잡고 싶은 사람은 어떻게든 비난거리를 찾아낼 게 뻔하다. 요즘도 나는 기본적으로 사람들의 평가를 달고 다닌다. 그렇지만 신경 쓰지 않으려 한다.

내가 나 자신을 더 드러내려고 할 때 나로 살 수 있고, 있는 그대로 떳떳하게 살 수 있다. 나만의 무언가를 구축할 수도 있다. 무엇보다 '진짜 모습'으로 살아야 오래갈 수 있을 것이다. 다른 사람들이 원하는 이미지로 산다면, 과연 평생을 그렇게 살 수 있을까?

나는 왼손잡이인 내가 좋다. 내 모습 그대로, '조민'으로 오롯이 살기 위해 나는 요즈음 내가 누구이며 내가 좋아하는 건 무엇인지 매일 찾아나선다.

선입견을 품고 있던 것은
나였다

나는 힘든 모든 시기를 다 의학전문대학원에 다닐 때 겪었다. 그런데 오히려 힘든 일을 겪으면서 많은 것을 배우고 경험했다. 보통 사람들은 '의대생' '의사' 하면 대개 정치적으로 보수적일 거라고 생각한다. 아버지의 정치적 입장이 분명한 편이다 보니, 나도 의전원 입학 전에 그런 얘기를 하도 많이 들어서 나 역시 의전원 1, 2학년 때에는 교수님들과 동기들이 나와 아버지를 싫어할 거라는 선입견을 갖고 있었다. 물론 일부 교수님은 보란 듯이 수업 시간에 특정 정치인을 욕하고 문재인 대통령을 흥보기도 했다. 하지만 이런 경우는 극단에 불과하다. 정말 이건 극소수였다. 사실 그런 극단적인 경우는 어느 집단에나 있다.

선입견에 사로잡혀 있던 것은 나였다. 동기들과 교수님들은 나를 그저 나 자체로 바라봐주었는데 지금까지 선입

견으로 '얘들은 나 싫어할 거야' '적일지도 몰라' 하고 생각
했던 거다.

　　나와 친한 동기 세 명은 대구 출신이다. 이 친구들은
끝까지 내 친구로 남아주었다. 내가 파악한 의대, 의전원 친
구들은 대부분 정치에 관심이 없다. 어른들이 예전에 그런
말을 한 적이 있다. 학생 운동할 땐 다들 진보적이었는데, 나
중에 이룬 것이 많아지고 나이가 들면서 기득권이 되어 보
수적으로 변해가는 것이라고. 내가 경험한 의전원생들은 그
저 자기 공부를 열심히 하고 치열하게 앞을 보며 살아온 친
구들이다. 정치를 바라볼 때 어떤 편향적인 생각을 한다거
나 깊이가 있다기보다는 그때그때 의료계에 유리한 정책을
내는 후보자를 채택한다. 친구들은 나 역시 정치적 잣대로
바라보지 않았다.

　　친한 동기 세 명과 양산에서 영화를 본 다음 날, 조선
일보 지면에 가짜기사가 났다.

　　'조민, 세브란스병원 피부과 일방적으로 찾아가' "조
국 딸이다, 의사고시 후 여기서 인턴 하고 싶다."

　　뭐 그런 기사였다. 그런데 나보다 친구들이 더 흥분
했다.

　　"민아, 너 어제 세브란스 갔어? 우리랑 영화 본 건 그
럼 누구야~? 분신술 했어? 뭐 이런 황당한 게 다 나?" 하면
서 말이다. 친구들이 부산대 의대에 다닌다고 하면 전국에
서 연락이 온다.

"야, 조민 너랑 같은 동기라며? 걔 세브란스에서 뭐 했대?"

"아 무슨 소리야, 걔 그날 나랑 영화 봤어. 연세대 세브란스는 무슨, 맨날 응급의학과 간다고 난린데" 하고 팩트를 확인해주었다.

또, 내 일이 대문짝만하게 신문에 났을 때는 학생회장이 목소리를 냈단다.

"동기를 팔지 맙시다."

나는 나중에야 그 이야기를 들었다. 내 앞가림도 벅찬 유급생 처지여서 당시 학생회장이 누구였는지도 잘 몰랐다. 나랑 친분도 없는 사람이었다. 그는 다만 부산 사람의 자부심인 '의리'를 지키고자 한 것이었다. 학생회장은 기자들한테서 연락이 오거나 바깥에서 연락이 왔을 때 괜히 인터뷰하지 말라고 학생들에게 공지했다고 한다. 우리는 동기를 팔지 않는다고 말이다. 이제는 동기 동문이라 부를 수 없는 친구들이지만 나는 그에게 아직도 고맙다.

교수님들도 마찬가지였다. 극단적인 경우를 제외하고 교수님들은 "전부 다 같은 제자인데 어떻게 인터뷰를 하냐, 그래도 한때 제자였는데" 하고 인터뷰를 한사코 거절하셨다.

나는 그 마음이 참 소중하다고 생각했다. 그런 분들이 대부분이니 도리어 나를 욕하며 인터뷰한 소수의 사람을 보며 '어떻게 한때 제자인 사람한테 저런 말을 하지' 하고 대조가 되었다.

휴학하려고 했을 때도 친구들은 나를 말렸다. 학업에 집중하지 못해 두 번 유급했기 때문에 함께 공부했던 친구들은 내가 의전원 1학년으로 입학했을 당시 예과 1학년에 같이 입학한 친구들이라 서로 다 안다. 그 친구들은 신입생 환영회며 동아리 활동을 함께했기 때문에 일 년을 유급하면 모르는 사람이지만 이 년을 유급하면 다 아는 친구들이었다.

의대 또는 의전원에서는 성적 평균이 좋아도 한 과목만 F를 받으면 유급이 된다. 예컨대, 나는 졸업반이었던 2018년 2학기에 한 과목을 F를 받아서 두 번째 유급을 받았다. 당시 내 성적은 '우등'에 해당하는 3.41/4.0이었다. 처음 유급을 받았을 때 나는, 한 과목이 F가 확정되자마자 남은 시험을 전부 보지 않았다. F인 과목이 하나라도 있으면 한 학기를 다시 들어야 하기 때문이다. 그래서 인터넷에 돌아다니며 회자되는 1점대 학점이 나온 것이다.

내가 처음 유급을 받고 학업을 포기하려 했을 때도, 이 친구들은 강하게 말리며 힘내라고 독려해주었다. 언론에서는 유급된 학생이 장학금을 받았다고 공격했지만, 문제가 된 장학금은 성적우수장학금이 아니었고 지도교수님이 학업을 포기하지 말라고 주신 장학금이었다. 그리고 언론은 내가 이 장학금을 비밀리에 받은 것처럼 보도했지만, 실제로는 학교 공식 행사에서 공개적으로 장학금이 수여되었다.

행사에서 내 이름이 호명된 것은 물론이다.

　　내가 휴학할까 고민했을 때, 나보다 5~6살 적은(대학을 안 나와서 나이 차가 그렇다) 예과 출신 친구들은 말했다.

　　"누나, 지금 휴학하면 큰일 나요. 그러면 정말 모르는 사람들, 누나에 대해서 하나도 모르는 애들이랑 같이 다녀야 해. 뉴스로만 누나를 접한 사람들하고 학교 다니면 너무 괴로울 거야."

　　"언니, 우리랑 같이 학교 다니고 우리랑 같이 공부해서 나중에 우리랑 같이 졸업해야지 내려가면 안 돼."

　　"휴학 절대 하면 안 돼요."

　　그렇게 나를 걱정하며 말려주었다. 이 한마디 한마디가 다 기억에 남는다. 고민 끝에 나는 휴학하지 않았고, 친구들과 함께 공부해서 국가고시를 쳤다. 학교에 다니는 내내, 모의고사를 치는 내내 언론보도는 이어졌고 국가고시를 치는 건물 대문 앞에도 기자가 찾아왔다. 하지만 나는 미래에 의사 면허가 취소될 수 있다는 걱정 때문에 현재를 포기하고 싶지 않았다. 과거에 얽매이지 않고, 미래를 걱정하지 않고 현재 내가 할 수 있는 일을 해나가자는 것이 나의 신조 중 하나다. 그리고 지금까지 내가 흘린 땀과 노력은 결코 나를 배신하지 않을 거라 믿었다. 친구들과 함께 연습한 덕분에 진급도 하고 국가고시에도 넉넉한 성적으로 합격했다. 친구들에게 고맙고 또 고맙다.

만약 이 친구들이 없었다면 시험 족보도 얻지 못했을 거고 시험에 통과하기에도 쉽지 않았을 거다. 이 친구들은 당시 의료 정책 때문에 국시 거부 사태까지 났을 때 현장에 있던 그 학번 친구들이다. 당시 국시 거부를 하지 않은 친구는 120명 중에서 15명 남짓밖에 되지 않았다. 그리고 그 15명은 사실상 아웃사이더가 되었다. 욕을 많이 먹기도 했을 거다. 유일하게 욕을 덜 먹은 게 나다. 원래대로라면 나도 같이 욕을 먹는 게 맞지만, 들리기로는 '그래, 아빠가 조국인데 국시를 어떻게 안 봐, 봐야지' '나도 우리 아빠가 조국이었으면 나도 쳤다, 그래 쟤는 봐주자'면서, 동기들 집에 찾아가서도 문을 두드리고 사인을 받아내곤 했는데 우리 집 문은 아무도 두드리지 않았다. '쟤는 많이 고생했어. 좀 놔두자' 싶었던 걸까.

사람들은 내가 모든 학력이 취소된 상태에서 인간관계가 많이 고립되었을 것이라고 염려한다. 당연한 우려다. 하지만 생각보다 나는 주변에 친구, 동생들, 언니 오빠들이 많다. 지금은 다 의사가 되어 레지던트를 하는 친구들, 개원한 친구들, 봉직의 친구들 등등. 여전히 만나서 수다를 떨며 "요즘은 세상이 변해서 유튜브를 하는 네가 나중에는 돈을 더 벌 것 같아서 배가 아프다"라며 장난친다. 어디가 아프면 친구 병원에 가고, 돈 안 받겠다는 친구 몰래 카운터에 가서 계산하고 나온다.

의대생들은 온종일 같이 공부하며 시간을 보내고, 의사가 되면 종일 병원에서 함께 시간을 보낸다. 이 시간을 같이 보낸 친구들의 끈끈함은 절대 무시할 수 없다고 느꼈다. 공부할 양이 많아 허덕일 때 족보를 공유하고, 인턴 당직을 서며 생리통으로 고생할 때 밤에 조금이라도 자라며 삐삐를 1시간이라도 맡아줬던 친구들. 한 명이 술기에 실패했을 때 전화로 도움을 요청하면 서로 손을 바꿔서 술기를 대신해줬던 그런 기억들, 모두가 힘든 날에는 병원 앞에서 닭볶음탕에 소주를 마시며 상사 욕을 하면서 밤을 보내던 이런 추억들은 면허가 취소된다고 사라지는 것들이 아니다.

　　편견 없는 친구들 덕분에 도움을 많이 받았던 일은 또 있었다. 인턴 때 병원 앞에 극우 유튜버가 여럿 와서 나를 내쫓으라며 확성기로 소리칠 때, 한 친구는 병원 앞에 찾아온 유튜버들과 목소리를 높여가며 싸웠다. 재판을 진행할 때 탄원서를 써주기도 했다. 당시 인턴이 10명이었는데 내가 부탁한 사람들 모두가 다 써주었다. 나를 조민이라는 사람, 그냥 그 자체로 봐준다는 게 참 고마웠다. 든든하고 따뜻한 기억이다.

　　가장 힘들 때 옆에 있었던 그 친구들은 지금 이 순간에도 나에겐 가장 소중한 사람들이다. 친구들은 계속 나에게 "유튜버로 성공해서 우리보다 돈 많이 벌어라, 네 덕 좀 보자"라고 말하지만, 내 목표는 나이 들어서 온몸이 아플 때 친구들 덕을 보는 것이다.

검찰은 나를
4년 만에 기소했다

2023년 8월 10일, 검찰은 어머니가 기소된 지 약 4년이 흐른 후 나를 기소했다. 내가 '피고인'이 된 것이다. 우리나라 법에 따르면, 기소 여부는 온전히 검사의 권한이라고 한다. 어렸을 때부터 봐오던 아버지의 친구 판사, 검사, 변호사들은 모두 정의의 지팡이로 보였다. 주가조작이나 세금 포탈 사범을 잡는 검찰, 힘없고 돈 없는 사람들을 도와주는 변호사, 양측 얘기를 듣고 공정한 판결을 내리는 판사까지. 나를 기소한 검사도 법에 어긋난 일은 하지 않았을 것이라고 생각한다. 검찰에 출석하여 조사받고 나서 귀가할 때 검사님이 하신 말씀이 있다.

"조민 씨가 원하는 결과(기소유예)가 나올지는 회의를 통해서 결정될 것이기 때문에 아직 모릅니다만, 결과가 어떻든 앞으로 지금과 같은 마음으로 살면 좋겠습니다."

나는 여러 번에 걸쳐 법적으로 책임질 일이 있다면

겸허히 책임질 것이라고 말해왔다. 동양대 표창장 등 어머니가 유죄판결을 받은 여러 문서의 내용을 철저히 점검하지 않고 발급권자가 주는 것이니 문제가 없을 것이라고 생각하고 학교에 제출한 것은 사실이다. 이 점을 비난하신다면 달게 받을 것이다. 우리나라의 사법 시스템이 완벽하지 않겠지만, 국민의 한 사람으로 존중한다. 이후 재판에 성실히 참여하고, 자신을 돌아보고, 어떤 결과가 나오건 짊어질 것이다.

기소 결정 전, 검찰이 우편 진술서를 보내와서 이를 작성해야 했다. 마지막 부분에 하고 싶은 말을 적는 란이 있었다. '재판에 성실히 참여하고 책임질 것이 있으면 책임지겠다'라고 적고 끝내려고 했는데, 아버지께서 고민 가득한 음성으로 '자성하고 있으며, 선처해주시면 사회에 긍정적 기여를 하면서 살겠다'는 문장을 넣는 게 어떻겠냐고 하셨다. 신념이 강한 분이 왜 그런 말씀을 하시는지 짐작이 갔다. 그래서 그런 취지의 답변도 추가했다.

기소를 당할 것을 각오하고 있었지만, 막상 기소되니 당혹스러웠다. 나는 부모님에 대한 수사와 기소가 이루어진 2019년 하반기 이후 지금까지 정상적인 생활을 할 수 없었다. 검찰은 나를 어머니의 '공범'이라고 애초부터 판단하고 있었는데, 왜 4년 전에는 기소하지 않다가 이제 기소하는 것일까? 약 4년 동안 나에 대한 처분이 내리지 않은 이유는 무엇인가? 불구속 기소이기는 하나, 이제 나도 출석하여 재판

받아야 한다. 이제 시작되는 나의 재판은 언제 끝날까?

　　한편, 검찰은 기소를 결정하기 전에 몇 번의 언론 브리핑을 통하여 부모님 반성과 혐의 인정 여부를 고려하여 나에 대한 기소를 판단하겠다고 밝혔다. 나는 30대, 성인이다. 그런데 나의 기소 여부를 결정하는 데에 부모님 입장을 반영한다는 말은 대체 무슨 의미인가? 딸 인생에 '빨간 줄'이 그어질까 걱정하는 부모님의 마음을 이용하여 '자백'을 압박하려는 것은 아닌가?

　　나는 법을 모르지만, 이러한 기소권 행사가 허용되는 것인지 의문이 들었다. 내가 기소되었을 때, 나는 담담했지만 아버지는 "차라리 나를 고문하라"라는 글을 SNS에 올리며 격노하셨다. 아버지가 그렇게 격한 표현을 사용하는 것을 본 적이 없다. 그것이 부모의 마음일 것이다.

　　곰곰이 생각했다. 내가 부모님이 혐의를 무조건 인정하도록 만드는 '미끼'가 되는 것은 참을 수가 없었다. 4년 전에는 내가 할 수 있는 일이 하나도 없었다. 그러나 지금은 할 수 있는 일이 있다. 내가 '미끼'가 되지 않는 것이다. 나는 희생되고 소모되는 무력한 존재에 불과한가? 그렇지 않다. 그렇지 않다는 것을 부모님께 보여드릴 필요가 있었다. 그래서 부모님께 "기소되면 어떡해요?" "이 힘든 일은 도대체 몇 년이 더 지나야 끝나요?"가 아니라, "기소되면 재판받으면 돼요" "유죄 나오면 벌 받고 다시 열심히 살면 되죠" "학력,

면허, 빨간 줄, 전부 나에게는 이제 의미가 없어요. 저는 스스로의 가치와 능력으로 사회에 도움이 되는 사람으로 잘 살면 돼요. 그리고 그렇게 살 자신이 있어요"라고 말씀드렸다. 아버지는 한참 동안 말을 하지 못하셨다. 어머니는 편지로 "고맙다"라고 하셨다.

내가 스스로 의학전문대학원 입학취소 소송을 취하하고 의사 면허를 반납하기로 결정했을 때, 일부 언론이나 평론가들은 "기소를 피하려고 저런다"라며 조롱하고 비난했다. 그러나 상식적으로 생각해주길 바란다. 입학 취소, 면허 취소 등과 관련된 행정소송이 대법원에서 확정되려면 오랜 시간이 걸린다. 그 기간 동안 나는 의사 생활을 할 수 있고, 최종 결과는 알 수 없다. 이런 조건에서 학력과 경력을 다 버리는 것이 쉬운 일이겠는가? 나의 선택은 기소 여부와 아무런 상관이 없다. 부산대 입학전형공정관리위원회에서도 문제 서류 중 동양대 표창장만 제출되었는데, 표창장은 입학에 영향을 주지 않았다고 발표한 만큼(2021.9.30.), 행정소송만큼은 계속해야 한다면서 주변에서 말리는 사람이 많았다. 그러나 더는 법적 굴레에 묶여 생활하고 싶지 않았다. 문제가 된 학력과 경력 없이 새로이 출발하고 싶었다.

앞으로 진행될 재판이 얼마나 오래 걸릴지, 얼마나 길어질지 모른다. 하지만 분명한 것은 보통의 서민이었다면, 변호사비에 대한 부담이 크고 생계에도 문제가 생겼을 것이다. 이 점에서 내가 일상생활을 유지할 수 있게끔 해주신 부모님께 감사드린다. 또 나는 계좌를 공개한 적도 없는데 어떻게 아셨는지 많은 분이 기소 결정 이후 후원금을 보내주셨다. 후원금을 보내주신 모든 분께 정말 감사하다. 나의 재판에 도움이 되도록 그 후원금을 사용할 예정이다.

그리고 나는 법률과 법 제도를 잘 모르지만, 우리나라 사법 시스템을 존중한다. 나는 내가 사랑하는 우리나라에서 앞으로도 법을 잘 지키면서 성실한 시민으로 살고 싶다.

내가 이해할 수 없는 일이 많이 일어나고 있다. 이럴 때일수록 상식적으로 살고자 한다. 기소가 된다면 재판을 받는다. 책임질 일이 있다면 책임진다. 내 스스로를 돌아보고 부족한 점을 성찰한다. 그리고 앞으로 더 바르게, 더 열심히 살자. 그러면 된 것이다.

당신에게도
온전한 '나만의 공간'이 있나요?

나는 집에서도 음악을 크게 틀어놓고 듣지 않는다. 어쩐지 볼륨을 높이면 너무 시끄럽고 정신이 사나워진다. 그런 내가 자유롭게 음악을 듣고, 부르며 느끼는 공간이 있다. 바로 내 차 안이다.

내 차 안에서만큼은 오롯이 해방됨을 느낀다.

나는 노래를 잘 못 불러서 노래방에 가는 것도 좋아하지 않는다. 동요를 녹음하게 되었을 때도 연습해야 하는데 차마 집 안에서도 입이 떨어지지 않았다. 옆집 사람이 들을까, 문 앞을 지나는 사람이 들을까 걱정이 되어서였다.

그런데 차에서는 세 시간 넘게 노래 연습을 할 수 있었다. 혼자 운전하며 계속 노래를 부르며 도로를 누볐다. 차는 정말이지 안전한 나만의 공간이다. 누구의 눈치를 볼 것도, 누가 들을까 걱정할 필요도 없다. 차 안에서 나는 소리를 누가 들었다 해도 순간이다. 그저 지나가면 그뿐, 도로의 소음 중 하나, 지나가는 차 한 대일 뿐이다.

누군가를 기다릴 때도 마찬가지다. 약속 시간에 늦은 친구가 어디 카페에 들어가서 기다리라고 하면 나는 대답한다. "응, 나 차에서 기다릴게! 천천히 와" 하고. 웅성웅성 낯선 사람으로 가득한 공간보다 나는 차가 훨씬 편하다. 간단하게 식사해야 할 일이 있을 때도 나는 차 안에서 먹는다. 패스트푸드점에서는 혼자 먹어도 누구 하나 눈치 주지 않는다. 그런데도 나는 굳이 드라이브 스루를 이용해 음식을 받은 다음 주차장에 차를 세워놓고 먹는다.

운전을 좋아하는 사람들이라면 이해할 수 있을 것이다. 차는 단순한 이동 수단이 아니다. 교통편 이상으로 안정감을 주는 안식처. 온전한 자유를 만끽할 수 있는 소중한 곳. 차라는 공간은 내게 그런 의미다. 나만의 공간.

언제부터 운전했더라? 면허증을 들여다보니 곧 갱신 기간이 다가온다. 면허를 딴 것도 벌써 10년 전의 일이다. 처음 면허를 따려고 했던 건 고등학교 3학년 때였다. 수능을 보고 나서 반 아이들 대부분은 운전면허를 준비했다. 당시 열심히 준비한 것이 무색하게도 한 번은 과속해서 떨어지고, 그다음에는 안전벨트를 안 매고 출발하는 바람에 떨어졌다. 당시 운전면허시험 난이도가 높아졌을 때였다. 게다가 악명 높기로 유명한 강남시험장에서 남들이 다 어렵다는 S자 코스며 후진주차, 평행주차 코스를 다 통과했는데 말도 안 되는 짓(?)을 하다니. 그렇게 두 번을 떨어지고 나니 어쩐지 김이 샜다.

그러다 2014년도 무렵, 동생이 운전면허를 따겠다고 나서자 다시금 불씨가 지펴졌다. 아버지가 대학교에 가면 차를 사주신다고 공언했었는데, 막상 대학에 붙으니 "너 차 필요 없을 것 같은데" 하면서 안 사주시는 게 아닌가. 나는 반쯤은 애교로 "차 사준다면서 왜 안 사줘요" 하고 투정 부리니 "대학원 가면 사줄게" 하셨다.

오케이, 그렇게 대학원에 진학했다(물론 차 때문에 대학원에 간 건 아니다). 그러자 아버지는 알겠다며 면허부터 따라고 하셨고, 이전과는 달리 정말 너무 쉽게 운전면허 시험에 통과했다.

그런데 웬걸? 아버지가 새로 산 아반떼는 내 차지가 아니었다. 나한테 바로 차를 주시는 줄 알았는데 아버지가 몰고 다니시는 게 아닌가! 뭐지? 싶었지만 아버지는 차를 사면 초반에 길을 들여야 한다며 차 키를 주지 않으셨다. 아주 좋은 핑계(!)였다.

그렇게 차를 안 주시다 반드시 나에게 주셔야만 하는 시점이 왔다. 내가 양산으로 가게 되었기 때문이다.

"아빠, 제 차 맞죠? 저 양산에 차 가지고 내려가야 해요."

그 후 아버지가 QM3를 사셨다. 아반떼는 처음부터 내 차로 사셨던 게 아닌 게 분명했다. 명의도 아버지 이름으로 되어 있었으니까. 그래서 나는 '아버지 차'를 몰고 양산에 내려가서 생활했다. 그때는 차를 몰고 어디엔가 가고 싶으면 종종 다녀왔다. 바람도 쐬러 가고 말이다. 물금읍. 나는 '읍민'이었다. 양산에서 제일 신도시였다. 거기에서 조금만 나가면 다른 리, 다른 읍이었고 그쪽은 다 논에 밭에 자연이 함께였다.

실은 아직도 아버지에게 섭섭한 게 있다. 차를 사준다면서 내 의견을 한 번도 물은 적이 없었다. 타시던 아반떼를 주시는 줄도 몰랐다. 게다가 그렇게 튀는 파란색 차! 지금 와서 하는 생각으로는 억울하지만, 그래도 차를 받았을 땐 참 좋았다. 아버지가 타던 차를 이제부터 내 차라고 하셨을 때, 난 그저 "와!" 했다.

아버지는 중년 남성들이 선호하는 검정색이나 회색 차를 싫어하셨다. 오히려 튀는 색의 차를 좋아하셨다. 그전에 SM5가 녹색이었고, 지금 QM3는 초콜릿색이다. 내가 갈색이라고 하면 '초콜릿색'이라고 정정해주시기도 했다. 흰색, 검정 같은 전형적인 색을 사지 않으신다. 그런데 나는 보다 보편적인 색을 원했다. 새-파란 차를 몰고 돌아다니니 사람들이 내 차만 보면 연락했다. "민아 어디 가냐?" "너 어디어디지? 파란 차 봤다!" 하고.

빨빨거리며 돌아다니는 내 성격 탓에 부산에서 서면 한 번 지나가면 "야 너 서면에서 봤다?" 하고 연락이 왔다. '아…… 나도 흰색 차 회색 차 타고 싶다…….'

그런데 부전여전인지. 내가 지금 모는 차도 흔한 색 흔한 모델은 아니다. 친구들이 한눈에 알아보고 "민초카"라고 부르는 무지 귀엽고 예쁜 나의 민트색 차, 피아트.

그 차는 정말 처음으로 내가 중고차 카페에 들어가 열심히 손품 발품 팔아가며 구매한 차다. 아반떼에는 내비게이션이 달려 있었지만 지금 차는 처음엔 내비게이션 하나 없었다. 직구로 피아트용 내비게이션을 해외 주문해서 다 뜯어다가 하나씩 설치했다. 내 손길이 닿지 않은 곳이 없는 '내 차'라 애정이 듬뿍 담겨 있다.

이 차에서 정말 '아 진짜 내 차다' 하는 느낌을 받았다.

"아빠, 안 되겠어요. 이거 불안해서 팔리기 전에 제가 빨리 사 와야겠어요.. 한국에서 피아트가 단종되었는데 민트색은 더 레어템이에요. 제 파란색 아반떼는 너무 알려졌으니 차를 바꿔야겠는데 아반떼보다 가격이 저렴한 차인 것 같아요. 바로 다녀올게요."

처음에는 내가 돈이 부족해서 아버지가 보태주셨고, 2년이 지난 뒤 내가 자금을 모아 아버지에게서 차를 사 왔다. 처음으로 온전한 지분 100% 내 차가 생긴 것이다.

일명 '민초카'가 사고를 당한 적도 있기는 하다.

주차되어 있는 상황에서 누가 박은 일, 주차장에 왔더니 누가 긁고 가고. 그래도 큰 사고는 없었다. 골목길에서 작은 접촉 사고가 난 적도 있고, 한 번은 멀쩡히 가고 있는데 상대 운전자가 내 차를 못 보고 사각지대에 있었는지 그냥 박아버린 적도 있다. 내가 방어 운전을 하게 된 후로부터는 이젠 불안해지면 내가 알아서 슬금슬금 피한다.

내가 정말 방어 운전 만렙(!)이 됐구나 하고 깨달은 건 본과 4학년, 그러니까 마지막 6년 차 때다. 운전도 6년 차 때인데 본과 4학년, 이듬해면 서울로 올라갈 날을 앞두고 마지막으로 양산에서의 몇 달 안 남은 그 시간에 동생을 태우고 갈 때였다—이때도 동생은 양산이 시골 같아 편안하다며 툭하면 내려와 있었다— 동생을 태워 밥 먹고 귀가하던 길, 빨간불이라서 서 있는데 백미러를 보니 내 차선 저 뒤쪽 멀리 화물 트럭 한 대가 속력을 줄이지 않고 다가오는 게 보였다. 내 앞에도 차가 서 있어서 피할 수도 없는 상황이었다. 나는 경적을 계속 눌렀다. 있는 힘껏, 빼아아잉!

'이렇게 죽을 수는 없어!'

그러자 순간 화물차가 갑자기 방향을 확 틀어 차선을 넘어서서 겨우 멈춰 섰다. 화물차 운전자는 내게 미안하다는 뜻으로 신호를 보냈다. 만약 트럭이 그때 나를 뒤에서 받았다면 나는 지금 여기에 없을지도.

'내가 양산에서 공부만 하다가 인생을 마감할 수는 없어' 하고 이후로도 방어 운전을 더 열심히 했다. 백미러도 더 열심히 보았다.

동생은 지금도 내 차를 타면 이따금 그때를 회상하면서 죽을 뻔했다며 가슴을 쓸어내린다. 한낮이었으니 망정이지 밤중이었다면 어땠을까? 아마 장거리를 뛴 데다가 식곤증이 온 기사님이 졸음운전을 했는지도 모르겠다. 부모님의 두 자식이 모두 한날한시에 운명을 다했을 수도 있겠다고 생각하면 아직도 소름이 돋는다.

그래도 차는 이제 내 발이다. 서울에 있을 때만 해도 내게 차가 그렇게 크게 중요한 존재는 아니었는데 양산에서부터는 차가 내 몸이나 다름없다. 차가 없다면 이동권이 제한된다고나 할까.

운전하기 전과 운전을 시작한 이후의 내 인생 퀄리티는 비교할 수 없을 만큼 크다. 처음부터 운전을 잘했던 건 아니지만 매일 출퇴근하며 억지로라도 주차를 해야 하니 주차 실력도 늘고 운전 실력도 늘 수밖에.

차는 나를 어디든 데려가주고, 여행을 가고 싶으면 어디든 표 끊을 고민 없이 훌쩍 데려다주는 소중한 존재다. 차는 나에게 큰 안식처이고 피난처이자 공상터이며, 새로운 아이디어를 떠올리고 노래 연습도 하는 비밀의 방이다. 이런 곳이 한군데 있는 게 쉬운 일이 아닌데, 정말 다행이라고 생각한다.

작든 크든 크기는 중요하지 않다. 여러분도 온전히 자기에게 집중할 수 있는 편안한 공간을 찾길 바란다.

나의 아반떼와
'조민'의 포르쉐

내 친구들을 한마디로 표현하자면 '정치 무관심층'이다.

저번에 이 사람을 뽑았지만, 이번에는 저 사람을 뽑고, 다음에는 누구를 뽑을지 아직 모른다.

정말이지 친구들이 다 그런 편이라서 한 번 누구 찍었다고 진보! 한 번 누구 찍었다고 보수! 이렇게 일반화해버리면 오히려 '뭔 소리야~' 하면서 반감을 드러낸다. 현재 성년 세대에서 볼 수 있는 특징이자, MZ세대의 특징이기도 하다. 이들은 또한 흑백논리, 진영논리와 같은 고루한 생각을 거부한다.

이 친구들은 정치적인 백그라운드나 편견이 없는 터라 내가 포르쉐를 탄다는 기사가 났을 때 무지하게 웃었다. 나는 열받아 있는데 다들 재미있어하며 낄낄댔다.

"야, 너가 포르쉐 몰면 내 차는 마세라티다!"

"민아, 아반떼가 그렇게 비싼 차였냐?"

그런 면들이 내가 비난의 눈길들을 이겨내는 데에 큰 도움이 됐다. 아, 이거 심각한 일 아니구나. 진짜가 아니니까 상처받지 말아야지, 하면서. 2019년에 나온 이 허위 보도는 4년 만인 2023년이 되어서야 '허위'라고 밝혀졌다. 그런데 법원은 내가 포르쉐를 탄 적이 없음을 확인했으면서도 이 허위 사실을 유포한 강용석 변호사 등 가로세로연구소 진행 자들에게 무죄를 선고했다. 이해할 수 없었다.

당시 나는 부산에서 운전을 처음 배웠기 때문에 운전 스타일이 제법 험했다. 부산에서도 양산에서도 아반떼를 요 리조리 잘도 몰고 다녔으니, 부산 운전 스타일을 기본 탑재 한 거다. 대개 운전에 아무리 능숙한 사람도 부산에 가면 운전이 어렵다고 한다. 운전자들도 말이 험하다. 조금만 열 받아도 창문을 내리며 나에게 소리쳤다. 그러면 나도 똑같이 창문을 내려서 "아저씨가 잘못했잖아요! 차선 보세요 차선!" 하고 소리쳤다(이제는 안 그런다. 서울에 이사 오고 나서 그 게 바로 난폭운전이라는 것을 알게 되었기 때문이다).

나는 그런 일종의 '험한—하지만 부산에서는 지극히 평범한— 운전자'였다. 그걸 친구들도 다 알았다. 내가 포르 쉐를 몬다는 기사가 나니 친구들은 모이기만 하면 나를 놀 렸다. 기사 때문에 스트레스 받네, 하고 있으면 "아, 민이가 아반떼를 포르쉐처럼 몰기는 하지. 운전 습관 보고 그랬나 보다" 하면서 깔깔깔 웃는다. 스트레스 상황을 해학적으로 풀어내니 나도 함께 웃고 가볍게 넘길 수 있었다. 정치적으로 중도인 친구가 많다 보니 그게 참 좋았다.

"오늘은 그러면 유명한 민이 포르쉐 타고 밥 먹으러 가자!" 하며 내 파란색 아반떼에 함께 타고 나에게 운전을 시킨다거나, "포르쉐 숨겨놨으면 나부터 태워줘야 해, 알겠지?" 하고 웃는다. 만약 그런 상황에서 오히려 "야 너 이런 기사 났는데 어쩌냐? 큰일 났다" 했으면 같이 불안해졌을 거다. 이 친구들은 진보 혹은 보수라는 지칭도 하지 않는다.

"야 너 요즘에 왜 이렇게 저항 세력들이 많아, 너 왜 반대 세력이 많아져?"

누가 포함되었는지 모를 '저항 세력'. 내가 모는 차, 내가 입는 옷, 내가 드는 가방, 내가 방문하는 곳까지. 나에 관한 것이라면 없는 사실도 만들어내는 이 집단을 뭉뚱그려 '저항 세력'이라고 하는 거다.

이 친구들 이야기를 들으면 마음이 참 편안해진다. 인턴에 지원할 때도 정치에 관심이 많은 사람들은 내게 인턴에 지원하지 말라고 했다. 인턴 지원하면 난리가 날 거라면서 말이다. 하지만 의전원 동기들은 딱 그냥 중도층으로 의료 정책을 집중적으로 살피고 투표한다. 정치 문제나 정치인을 볼 때도 색안경을 끼지 않는다. 그냥 공부만 하는 친구들이다. 이들은 내게 "너 지금 시기 놓치면 안 된다" "너 정치할 거야? 정치할 거 아니고 의사로 살 거면 인턴 지원

무조건 해야지" "수련 안 받고 너 인턴 안 하면 그냥 수련도 받지 않고 의학에 진심이 아니라는 인식만 사람들에게 심어줄 수밖에 없어" 하고 딱 그냥 정말 평범하고도 일반적인, 보통 의대생들이 생각할 만한 그런 말을 해준다. 그런 것이 나에게는 큰 도움이 됐다.

복잡한 고민을 정리해주고 생각을 상식적이고 보편적으로 정리할 수 있도록 도와주는 역할. 사실 상식적이고 보편적으로 생각하는 게 당연한 건데, 어쩌다가 내가 이렇게 복잡하게 모든 것을 고려하면서 내 인생을 살게 되었을까.

"아빠는 아빠고, 너는 너인데 무슨 상관이야."

"그냥 보통 사람들이 하는 대로 너도 해."

내 입장에선 이게 힘들 때가 많았다. SNS를 여는 것도, 유튜브를 시작할 때도, 어느 하나 고민하지 않은 것이 없다. 게시글 하나만 올려도 기사가 수도 없이 올라왔다. 지금 생각해보니 진로 앞에서도 나는 자신보다 외부의 시선을 신경 쓰고 있었던 거다.

아버지조차도 인턴 지원하지 않아도 되니 좀 쉬어도 된다고 하셨는데, 동기들은 "왜 네가 의사 면허를 땄는데 인턴 지원을 안 해? 그게 말이 안 되는 거지" 하고 반대로 이야기해주었다. 이렇게 반대되는 균형잡힌 양측 의견을 받으니, 나는 더 객관적으로 내가 후회하지 않을 선택을 할 수 있었던 것 같다. 지금은 그런 친구들에게 정말 고맙다. 이 말을 듣지 않았다면, 내가 스스로 의사면허를 반납하기까지 2년 동안 값지게 근무하고 이어서 의료봉사를 수행할 수 있었을까?

비록 2년이지만 나는 내가 의사로서 할 수 있는 선에서 최선을 다했다. 그렇기에 미련 없이, 후회 없이, 용기를 가지고 내 미래에 대한 큰 결정들을 할 수 있었던 것 같다.

인턴으로 가서도 에피소드가 많았다. 아버지는 걱정이 많으셨다. 가끔 주치의에 내 이름이 들어가야 하는데 그걸 보고 언론에 흘릴 사람이 있겠다며 걱정하셨다.

친구들은 말한다.

"그걸 왜 빼? 주치의 이름을 모르면 환자가 자기가 누구한테 진료받는지도 모르지, 당연히 있어야 하는 이름인 거야."

"거기 이름이 없다고 쳐, 환자가 저희 주치의 이름이 뭐예요? 왜 안 적어 놨어요? 하면 안 이상해?"

"그렇네, 그래. 그게 더 이상하다."

친구들은 이렇게 꼬아서 생각하거나 한 발 더 나아가 걱정하지 않고 평범하게 본질만 생각할 수 있게 해주었다. 그런 친구들도 내가 레지던트에 지원했다가 떨어지는 걸 보고는 굉장히 놀랐다. 인턴 성적도 좋았고 레지던트 시험 점수도 충분한데 떨어질 수 있다는 것에 너무나도 놀랐다. 모집 공고에 자격이 충분하고, 결격 사항이 없었고, 지원자가 많지 않아 금쪽이 취급을 해주는 응급의학과인 데다가 블라인드 면접을 보는 게 원칙인데, 여기서 떨어진다고? 친구들이 경험한 세상에서는 도무지 일반적인 상황이 아니었기에 나보다 친구들이 오히려 더 놀랐다.

심지어 '블라인드 면접'이라고 큼지막하게 써놓은 국립대 병원에서 면접을 보는데 교수님께서 '조민이 네가 여기 왜 지원했냐'고 물어보았다든지, 면접이나 합격 여부 같은 개인정보가 실시간으로 생중계되는 것을 보면서 친구들도 적잖이 충격을 받았다. 그런데 이때도 친구들은 문제를 어떤 정치적인 방향으로 생각하는 게 아니라,

"이거 이거 기득권 세력이 문제네. 사회적으로 시끄러워질까 봐 자기 귀찮은 일 생길까 봐 그러는 거 아니야? 비겁하다" 하고 '저항 세력'과 '기득권 세력'의 문제로 보았다. 그것도 맞는 말이라고 생각했다.

개인적으로 의대생, 인턴, 레지던트까지는 사실상 기득권 세력이 아니라고 생각한다. 실제로 이들은 기득권자가 아니다. 종일 공부하다가 병원에서 주 120시간 일만 하는 친구들, 최저시급과 비슷한 돈을 받으며 일해서 학자금을 조금씩 갚고, 병원 밖의 삶을 꿈처럼 여기던 친구들. 적어도 이 친구들은 내가 알던 기득권 세력과는 달랐다.

이전에는 나도 모르게 소위 '특권 의식'이 있었을지

도 모른다. 누군가 보기에는 순탄하게 의사가 되는 코스를 밟아왔고, 만나온 사람들도 제한적이었으니까. 하지만 여러 경험을 하고 사회에 나와 사람들을 만나면서, 그리고 힘든 일을 겪고 나서 나의 의식이 넓어지는 것을 느꼈다. 학교와 병원을 벗어난 밖의 세상은 굉장히 넓고도 깊었다. 이런 일이 없었다면 편안하고 순탄하게 살았을 테지만, 나는 요즈음 내가 몰랐던 '밖의 세상'을 경험한 것 역시 내 삶을 단단하게 해준 초석 중 하나라고 생각한다. 이 또한 내가 더 나은 사람이 되기 위한 과정이 아닐까?

나 독립할래요

'성인이 되면 혼자 살아야지.'

청소년기부터 혼자 살고 싶은 마음이 컸다. 부모님과 오래 떨어져 살아서 그런지 서로 생활패턴이 아주 다르기 때문이다. 대개는 조율이 잘 안되는 경우가 많다.

아버지는 항상 일찍 일어나는 분이라 일찍 일어나는 게 당연하다고 생각하고, 나는 쉬는 날에 체력 보충을 하고 싶기 때문에 왜 일찍 일어나야 하는지 이해할 수 없었다. 하루 두 끼만 먹어야 속도 더부룩하지 않고 편안한데, 부모님은 간단히라도 아침을 같이 먹고 싶어 하신다.

이런 상황은 비단 나에게만 해당되는 게 아닐 것이다. 친구들 이야기를 들어보아도 그렇고 대개 MZ세대와 기성세대 사이에서 볼 수 있는 갈등인 것 같다. 지금도 결혼 전에 부모님과 사는 친구들 이야기를 들어보면, 매일 매일 사소한 것—재활용 쓰레기 버리기, 설거지, 통금시간—으로 갈등하는 부분이 많다.

성인이 되면서 독립하고 싶었는데, 마침(?) 고려대에 입학하게 되면서 방배동과 안암동을 오가기가 너무 피로했다. 종일 공부하며 대중교통으로 왕복 2시간. 게다가 출퇴근 시간대에 꽉 낀 채로 지하철에서 콩나물 신세가 되는 건 피로도도 너무나 높았다. 그래서 1학년 2학기가 될 무렵, 큰마음 먹고 선언했다.

"나 독립할래요. 월세 저렴한 방이어도 좋으니 나갈게요."

공부할 때라서 본격적으로 돈을 벌지는 못했기에 용돈에 더불어 부모님의 도움을 최소한으로 받아 월세를 낼 수 있는 수준으로 알아보았다. 월세 40, 그렇게 나는 고대 앞 원룸에 들어갔다. 집을 구할 때 흔히들 한다는 수압 확인이나 바퀴벌레 트랩 체크하는 것도 몰라서, 그저 중개인 말만 듣고 아무 데나 들어갔다. 이제는 기억이 많이 흐려졌지만, 혼자 살기에 충분한 집이었다. 창은 컸지만, 남향은 아니었는지 햇빛은 잘 들어오지 않았고 꼭대기 층은 주인집이었다. 고려대 병원 바로 옆에 있는 건물이었는데, 앰뷸런스가 병원에 오가는 소리가 매일 들려왔다. 종일 삐뽀삐뽀 소리가 끊이지 않았다.

친구 중에는 바퀴벌레나 개미가 나오는 집에 사는 경우도 많았는데, 다행히 나에게 그런 일은 없었다. 대신 벌레를 무서워하는 친구 방에 가서 에프킬라를 마구 뿌려 개미를 잡아준 적이 있다.

과외를 하기 시작하고부터는 부모님으로부터 오는 용돈이 끊겼다. 어쩌면 당연한 일이겠다. 이공계생인데 영어를 잘하니 해외 기숙학교에 다니는 초등학생, 중학생, 고등학생 수학, 과학 과외가 많이 들어왔다. 국내 대학 진학을 목표로 하는 학생들보다 과외 단가가 높아서 생활에 보탬이 되었다. 성적이 오르면 어머님들이 보너스를 얹어주시기도 했다.

나는 이사를 많이 다녔다. 부모님이 집 보는 것을 도와주시지 않았기 때문에 첫 방을 대충 잡은지라 오래 살기 쉽지 않았다. 앰뷸런스 소리가 너무 심해서 한 번 옮기고, 그 다음에는 벌레가 자꾸 나와서 옮겼다. 집을 옮겨 다니다 보니 시간이 지날수록 집을 보는 눈이 생겼다. 나중에는 세면대 수도꼭지를 틀어놓은 채로 변기 물 내려보기, 보일러 연도와 관리비 확인하기, 집문서에 대출이 있는지, 웃풍이 들지는 않는지, 해는 얼마나 드는지, 이중창인지, 방음은 잘 되는지 하나하나 체크했다.

중개인에게 원하는 집의 조건을 하나하나 다 적어 보내두면 실제로 집을 볼 때는 한두 개만 보고도 바로 계약할 수 있어 오히려 몸이 편했다. 꼼꼼함의 대명사가 된 거다.

이사할 때마다 부모님은 잔소리 한번을 안 하셨다.

'왜 한 군데 진득하게 있지 않고 계속 옮겨 다니니?' 하고 한 마디 하셨을 법도 한데, 다 이유가 있겠지 하고 계속 옮기게 해주셨다. 그렇게 내가 사는 집은 점점 가성비가 좋아졌다. 이때도 아니다 싶으면 결정이 빨랐다. 물론 이사 비용은 들었지만, 결과적으로 참고 사는 것보다 훨씬 더 나았다.

지금까지 독립해 살면서 아직 '집'에 대한 애착을 느껴본 적은 없다. 내가 '집순이'이기는 하지만, 한 곳에서 오래 살아야 한다는 그런 마음은 들지 않는다. 아마도 내 소유의 집이 아니라 월셋집이라서 그런 게 아닐까 싶다. 그리고 혼자 사는 곳이기에 크게 의미를 둔 적도 없다.

하지만 나중에 내가 번 돈으로 '첫 집'을 사서 입주하게 된다면, 또는 결혼하게 되어서 사랑하는 사람과 함께 새 집에 들어가게 된다면 그때는 분명 '집'이란 내게 특별한 의미가 되지 않을까 싶다.

삶에서
누구를 만나는지

어떤 경험을 하고 무엇을 생각하는지도 중요하지만, 살면서 누구를 만나느냐도 중요하다. 그리고 그 사람을 만나고 내 안에서 들리는 목소리에 귀 기울이고 변화하는 자신을 알고 받아들일 줄도 알아야 한다.

내게 큰 울림을 주었던 분이 계시다. 만났던 사람 중에서 '존경하는 분'을 꼽으라면 단연 이분을 꼽고 싶다. 이분은 아마 나를 기억하지 못하실 테지만, 내게는 멋진 어른, 멋진 의사로 남은 분이다. 이 이야기를 하려면 대학교 때로 거슬러 가야 한다.

대학교 2학년 무렵, 그러니까 2010년 초쯤 아프리카 케냐로 봉사를 떠났을 때다. '굿뉴스 의료봉사회'를 통해서였는데, 의료봉사에 참여하고 싶지만 사실상 어떤 역할을 할 수 있을지 의구심이 드는 상태였다. 그저 조금이라도 도움이 되었으면 하는 마음에 신청했다. 나의 장래 희망이었던 의사라는 직업을 다양한 환경에서 경험해보고, 의사로서 할 수 있는 봉사에 대해 알고 싶은 마음도 있었다. 부모님은 내가 의사가 되어 고된 일을 하는 것을 반대하셨을 때라, 아버지가 의사는 아주 힘든 직업이라는 것을 인식시켜 주려고 그랬는지 '국경없는의사회'와 관련된 서적을 사주셨다. 그런데 나는 도리어 그 책을 보고 '뽕'이 제대로 차서 이 봉사활동에 지원한 것이다. 역효과가 난 것이다.

대개는 의료 종사자 또는 전문직 인력을 뽑는데, 당시 일반 봉사자를 뽑는 것을 보고 지원했다. 운 좋게도 지원서에 내가 의전원에 가고 싶다고 적어서인지, 수술실 보조로 배정되었다.

도착해서 수술실로 가 보니, 한 외과 과장님이 계셨다. 케냐에 있는 내내 그분의 유일한 조수로 지냈다. 정말 운이 좋았다. 모두가 나름의 역할이 있지만, 수술실 보조로 들어간 것은 큰 영광이었다.

나는 그때 처음 의사가 정확히 무슨 일을 하는지 두 눈으로 볼 수 있었다. 전에는 가족 중에 의사가 있는 것도 아니고, 가끔 드라마에 나오는 비현실적인 의사만 보았던 터라 정확한 그림이 없었다. 훌륭한 인품을 가진 과장님 곁에 있을 수 있던 건 천운이었다.

그분은 정말 마인드가 훌륭한 분이셨다. 봉사단 일정

은 9시부터 15시까지 진료하고, 15시부터는 관광하는 식으로 짜여 있었다. 15시까지 진료하고 나면 관광버스가 타라고 기다리고 있기에 자연스럽게 오르게 되었다. 남아서 기다리는 환자들도 있었지만 굳이 돌보지 않아도 되는 셈이었다. 안내하는 분들이 "내일 다시 오세요" 하면 모두 정리하고 쉬거나 관광하러 가거나 둘 중 하나였다. 그런데 그 과장님의 신념은 '오늘 온 환자를 막지 말자'는 것이었다. 어떻게 여기까지 와서 기다리는 사람들을 내일 다시 오라고 하냐면서, 이들은 의사를 보기 위해 몇 시간씩 걸어온 사람들이라고 강조하셨다. 심지어 며칠을 걸어온 사람들도 있다고 하셨다. 오직 진료받기 위한 여정인 것이다.

사람들이 탈 버스가 도착하니 과장님은, 난 더 남아서 할 긴데 가고 싶으면 가도 좋다며 혼자 해도 된다고 하셨다. 그런데 어떻게 일개 조수(!)가 "그럼 저는 관광하러 가보겠습니다" 하고 갈 수 있을까? 나는 "아닙니다. 저도 같이하겠습니다" 하고 함께했다. 지내는 동안 밤늦게까지 수술이 계속되었다. 환경이 열악했기 때문에 거창한 수술은 할 수 없었다. 수면마취는 고사하고 국소마취로 할 수 있는 수술만 가능했다. 고작해야 지방종 제거 수술, 염증 제거 수술 등이 전부였다. 하지만 그 하나만으로도 환자들은 정말 행복해했다. 우리나라에서는 지방종이 조금이라도 봉긋하게 솟으면 병원에 가서 제거하는데, 이 사람들은 방치하다 손바닥만 하게 커진 지방종을 달고 있었다.

이렇게 큰 지방종을 머리며 팔, 다리 등 몸에 달고 다니면서 얼마나 스트레스가 컸을까. 한 환자는 놀림도 많이 당했다고 한다. 간단한 수술이지만 힘든 내색 없이 책임지고 묵묵히 해내는 과장님을 보면서 나는 많은 것을 느꼈다.

어릴 때부터 비위가 좋았던 나는 개구리 해부부터 시작해서 과학 시간에 아이들이 하기 싫어하는 온갖 기묘한 것들을 다 시켜달라고 하고, 방과 후 해부학 교실까지 신청해서 하던 아이였다. 그래서 나는 비위가 좋다고 생각했는데, 과장님 수술에 처음 동행했을 때 당황했다. 과장님이 환부에 칼을 딱 대고 피가 촤악 퍼지는 순간, 어지럼증이 몰려왔다. 처음 느껴보는 종류의 어지러움이었다.

"과장님, 저 너무 어지러워요."

"나가."

"죄송합니다."

갑작스러운 상황에 그 안에서 쓰러질 수는 없어 바로 나왔다. 문을 닫고 쭈그려 앉아 머리를 감쌌다. 멍하니 앉아 있는데, 자괴감이 몰려왔다. 이거 하나를 못 버티고 내가 어지러워하다니. 이러고선 무슨 의사가 되고 싶다고.

10분쯤 지났을까, 마음이 좀 가라앉은 것 같아 다시 들어가려는데 순간 또 너무 무서웠다. 쓰러질 것 같은 기분에 숨이 차올랐다. 다시 마음을 다잡으며 앉았다. '어떻게 하면 진정이 될까, 정말 쓰러지면 어쩌지, 다시 들어갈까 말까'

고민하다가 '아니야, 한 번만 들어가보자. 처음이 어렵지 두 번 보는 건 쉬워' 하면서 마음을 다잡고 들어갔다.

다시 들어가니 어라? 안 어지러웠다. 이후로도 쭉 피를 보고 어지러운 적은 없었다.

우리를 데려갔던 봉사단체에는 원칙이 있었다. 수술 전에 환자들이 HIV 간이 검사를 받도록 했다. 양성이면 진료를 받을 수 없었다. 이건 아주 당연한 일이다. 문제가 더 커지기 때문이었다. 수술 도구를 모두가 각자 따로 쓰는 것이 아니라, 한 사람 수술 후 소독하고 다음 사람에게 사용하는 방식이었다. 혹시나 소독 과정이 미흡할 수 있으니, 감염을 막기 위해 HIV 환자는 애초부터 받지 않은 것이었다. 한국에서도 HIV 환자를 수술할 때는 흡사 우주복 같은 보호장비를 입고 들이가고, 소독 절차도 아주 까다롭다. 그런데 우리 의료진을 찾아온 한 아이에게서 HIV 양성 반응이 떴다. 아이의 문제는 간단한 수술로 해결할 수 있었지만 원칙상 돌려보내야 했다.

과장님은 과묵하고 필요한 말 외에는 하지 않는 분이었다. 또, 감정을 잘 드러내지 않으셨다. 아버지처럼 경상도 남자의 전형 같았다. 그런 츤데레 과장님이 그 아이 사정을 듣더니 정말 쿨하게 "마지막 날 다시 오라고 해요. 수술 도구 오염되지 않게 마지막 날 마지막 케이스로 하죠"라고 선뜻 이야기하더니 가버리셨다. 그 모습이 정말 인상 깊게 남아 있다.

대동병원 당시 외과 과장님이었는데, 지금은 퇴직하셨을 수도 있고 현직에 계실지도 모르겠다. 그분 덕분에 나는 의사란 정말 멋지고 훌륭한 직업이라고 생각하게 되었다. 이를 계기로 외과 의사가 되고 싶었다가 나중에 더 적성에 맞는 응급의학과로 바꿨지만, 내게 이 '어른'은 롤 모델이었다. 나한테 말을 많이 걸지도 않고 나를 기억 못 할 수도 있지만 이런 어른을 만난 것은 큰 행운이었다.

당시 내가 봉사활동에 다녀왔던 사진은 지금도 검색하면 기사로 나온다. 뺑뺑이 안경을 쓴 나. 케냐까지 가서 사파리 한 번을 못 가본 사람 있다면 나와 그 과장님일 것이다. 의료 봉사라는 목적 자체에만 집중했던 과장님. 단체의 목적성이나 계획된 프로그램을 떠나 그 시간이면 환자 한 명을 더 보고 의료를 행하겠다는 뜻을 몸소 보여준 과장님의 눈빛이 지금도 선하다.

양고기의 동굴에서
나와

지난 10년, 나는 양고기를 입에 대지 못했다. 누군가 먹으러 가자고 해도 양고기는 기피 대상이었다. 이 사연을 이야기하려면 16년 전, 고등학교 때로 거슬러 올라가야 한다. 영어과는 총 두 개 반이 있었는데 우리 반 반장이었던 나와 옆 반 반장이 대표로 코이카 몽골 봉사활동에 갔다. 울란바토르 공항에 내려서 차를 타고 한참 이동했던 기억은 있는데, 정확한 지역 명칭까지는 기억이 나지 않는다. 학교에 가서 노력 봉사를 했던 기억이 어렴풋하다.

　　몽골 슈퍼에서 사 먹은 우유의 맛이 충격적이었다. 태어나서 처음 먹어보는 고소하고 진하고 지방함량이 높은 듯한 맛이었다. 세상에서 가장 맛있는 우유였다. 그때 이후로 낯선 지역에 여행 갈 때면 늘 우유를 사 먹었다.

　　당시에 체험이었는지 봉사였는지 정확히 기억은 안

나지만, 어떤 유목민 마을에 갔다. 게르에서 자게 되었는데, 몽골 현지분들이 우리를 위해 일종의 연회를 베풀어주었다. 주민 한 분이 으레 귀한 손님에게 대접하는 것이라며 컵을 내밀었다. 반장이었던 친구와 나는 컵을 받아서 들었다. 아뿔싸, 그 안에는 따끈하고 끈적한 말 피가 담겨 있었다. '아, 어쩌지. 이걸 마시라고? 큰일 났다.' 잠시 멈칫하는 사이, 우리를 바라보는 이들의 빛나는 눈이 보였다. 선한 이들의 눈망울을 실망으로 바꿀 수는 없다. 망설일 새도 없이 나는 성수처럼 받아 들고 꿀꺽꿀꺽 한번에 마셨다. 그러곤 나를 바라보는 사람들에게 빈 컵을 들어 보였다. 정신을 차리고 보니 입 안에 온통 피비린내가 진동했다. 묘한 냄새가 섞여 속이 좋지 않았다. 물을 아무리 마셔도 그 맛이 선연했다. 사라지지 않는 향이 느껴졌다.

이어지는 저녁 식사 자리에 차려진 고기—노쇠한 양을 잡아서 구운—를 입에 넣으면서도 내색할 수 없었다. 후추나 소금조차 없는 노린내 가득한 고기였다. 태어나서 처음으로 양고기를 입에 넣어본 나는, 창자가 뒤틀리는 느낌과 함께 정신이 아득해지면서 너무너무 게워내고 싶었다. 하지만 뱉을 수는 없었다. 어린 마음에 가출하는 정신을 붙잡고 음식을 삼켜야 했다. 이후로 나는 양이라면 질색했다. 한동안 '양꼬치에 칭다오, 꿔바로우'가 유행해서 길거리에 양고기 집이 성황일 때에도 전혀 먹고 싶은 생각이 들지 않았다. 비슷한 냄새만 맡아도 헛구역질이 날 정도였다.

그러던 어느 날, 동생이 양고기를 먹으러 가자며 딱한 번만 먹어보라고 나를 유명한 양갈비 집에 데려갔다. 무슨 미슐랭 스타를 받았다면서 누린내가 나지 않는다고 호언장담하는 게 아닌가? 본인 생일인데 같이 안 가줄 거냐며 억지를 부렸다. 마음이 약해져 가볼까 싶어 인터넷에서 사진을 찾아보니, 돼지고기와 소고기 그 중간쯤으로 보이는 육질 같아 조금 궁금해졌다. 억지로 끌려가서 근 7년 만에 먹어본 양고기의 맛은 가히 환상적이었다. 이렇게 맛있는 게 있다고? 그동안 나는 양고기에 대한 기억 하나로 양고기를 멀리해 왔다. 얼마나 내가 편견에 사로잡혀 있던 걸까? 양고기를 먹지 않았던 7년이 아쉬울 지경이었다.

　　우리는 살면서 편견이 편견인 줄도 모르고 그 편견에 둘러싸여 지낸다. 내가 알지 못하는 다른 편견은 또 어떤 게 있을까? 편견이 별로 없다고 스스로 생각하지만, 얼마나 많은 편견에 내 눈이 가려져 있는지는 나도 모를 일이다. 이 사회도 마찬가지일 것이다. 양고기는 어쩌면 하나의 예일 것이다. 일상에 만연하는 편견은 생각지도 못한 곳에서 악재로 작용한다. 지나고 나서야 미욱했던 자신을 깨닫는다. 누군가 아무리 얘기해도 내가 직접 부딪히고 경험하며 깨닫지 않으면 알 수 없다.

　　제주도 여행을 앞두고 친구가 말고기 맛있는 집이 있

다기에 "나 말고기 안 먹는데" 하다가, "그래도 한번 시도해 보자!"는 친구의 말에 이번 여행에는 말고기를 먹어볼까 한다.

새로운 시도를 하지 않으면 두려울 것도 없고 실패할 일도 없다. 새로운 시도를 하면 실패할 수도 있지만 성공할 수도 있다. 7년간의 헛구역질을 참고 먹은 양고기의 맛이 가히 환상적이었듯이, 앞으로도 나는 자신의 틀을 깨는 새로운 시도를 해나가면서 작고 큰 성공과 실패를 겪으면서 나아가고 싶다. 아무 일도 하지 않으면, 아무 일도 일어나지 않을 테니까.

3장

겨울을 나는 동안

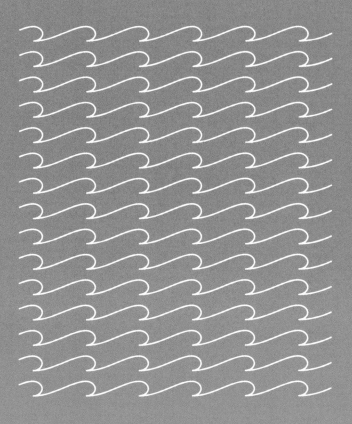

꿈과 열정이 가득했던
과도 5층

"민아, 우리 울트라 뮤직 페스티벌 가자!"

"아니, 나 시험공부 해야 해."

"울트라 가야지 무슨 공부를 해?"

울트라 뮤직 페스티벌은 해마다 전 세계에서 열리는 국제 일렉트로닉 뮤직 페스티벌이디! 울트라뿐만 아니라 월디페(월드 디제이 페스티벌), 서재페(서울 재즈 페스티벌) 등등 20대 때 친구들이 매년 챙겨서 가던 그런 행사를 나는 단 한 번도 가보지 못했다. 20대에는 공부하느라 못 갔고, 얼굴이 알려진 후에는 가면 안 될 것 같은 느낌이 드는 데다가, 30대에 접어들어서는 그냥 집에서 혼자 음악을 듣는 게 더 편하고 좋아졌다.

하지만 당시에는 그게 너무나 억울했다. 그런 종류의 페스티벌이 전부 다 시험 기간에 걸려 있었다. 중간고사, 기

말고사 중 하나에 무조건 걸리거나 계절학기에 걸렸다―날이 좋아서도 있겠지만 대학생 유입을 늘리려는 목적이 있다면 기획자들도 참고해주면 좋겠다― 당시 얼마나 원망스럽던지. 유학생 친구들은 그 시기가 여름방학 때라서 마음 편히 갔던 것으로 기억한다.

학교에 다닐 때 나는 주로 혼자 공부하는 스타일이었다. 의전원을 같이 준비하던 친구들이 열 명 정도 있었는데, 술자리나 미팅에 가는 대신 매일 도서관에만 있으면서 자연스레 같이 밥 먹고 지내다 보니 친해진 거다(일평생 지금까지도 미팅 한 번 못 해본 것이 천추의 한이다). 우리는 각자 따로 공부했다. 나는 칸막이가 있고 독립된 공간을 좋아해서 과학도서관 5층(이하 '과도')에서 공부했고, 칸막이 없이 트인 책상에서 공부하는 걸 좋아하는 친구들은 과도 4층으로 갔다. 과도는 너무 조용해서 어느 정도 복작복작 백색소음이 필요한 친구들은 하스라(하나스퀘어) 지하 1층에 자리 잡았다. 이렇게 세 군데 정도로 나뉘어 공부했다. 당시 꽤 많은 의전원이 미트(MEET) 반영률 0%라는 신기한 정책을 시행하고 있던 터라 미트 공부를 할 필요는 없었지만, 그 대신 학점을 더 많이 본다는 뜻이라 학점 관리를 잘해야 했다.

내가 다녔던 고려대학교는 원하는 공부 자리를 잡는 게 힘들었다. 공무원 준비, 로스쿨 준비, 취업 준비, 각종 시험공부를 하는 사람으로 도서관은 언제나 만원이었다. 공부하는 목적도 가지각색이고 목표하는 것들이 분명한 터라 다들 눈에 불을 켜고 좋은 자리를 맡고 싶어 했다. 그만큼 공부할 자리를 잡는 게 보통 일이 아니었다.

처음에는 자리를 잡기 위해 매일 아침 7~8시에 나왔다. 두세 달쯤 지났을까, 9시부터 수업을 들어야 하는데 매일 7시까지 나와서 공부할 자리를 잡으려니 너무나 피곤했다. 그래서 함께 공부하던 친구들과 단합하기로 했다. 한 명에게 학생증을 몰아주고 돌아가면서 자리를 맡아주기로 한 거다(학교 규칙 위반이었기 때문에 도의적으로나마 이 자리를 빌려 심심한 사과의 말씀을 올린다). 당번이 되면 자리 맡는 키오스크가 오픈하는 새벽 5시에 나와서 자리를 맡았다.

자리를 맡고 그대로 엎드려서 두세 시간을 자고 일어나도 1교시 시작 전이었다. 이런 생활을 몇 년 동안 돌아가면서 했다.

당번인 날은 더 피곤하기도 했지만, 수업 듣고 맡아둔 자리에 가서 공부하는 게 정말 좋았다.

내가 좋아하는 과도 5층보다 4층에 사람이 더 많았다. 5층은 사람들이 답답해해서 4층만큼 치열하지 않았다. 나는 나만의 공간에 있는 것 같은 느낌을 주는 5층 칸막이 자리가 좋았다.

고려대에서는 일단 수업을 그냥 무조건 잘 들었다. 교수님 말을 그대로 외우고 수업 시간에 집중하고, 잘 외우면 학점이 잘 나왔다.

교수님이 수업 시간에 하는 모든 말을 내 뜻대로 해석하고 의미를 확장하면 점수가 떨어졌다. 내 마음대로 해석하면 안 되는 일이다. '다른 의미가 있지 않을까?'라는 생각이 드는 순간, 생각을 멈췄다. '아니야, 그냥 그 의미다. 있는 그대로 받아들이고 외우자.'

이공계생들은 외울 게 너무나 많다. 그러니 의미를 따지기보다는 일단 빨리 외우는 것도 중요하다. 대개는 간지를 만들어서 암기에 보탬이 되도록 했다.

야생식물학 수업을 들었을 때는 꽃 이름이 다 라틴어로 되어 있었다. 라틴어 꽃 이름을 그냥 외우라면 절대 못 외웠을 거다. 5월에 개화하는 식물들을 앞 글자만 따서 외웠다.

나중에는 앞 글자만 따서 만든 기괴한 단어들—'간지'라고 부른다—을 줄줄이 중얼거리면서 다녔다. 누군가 "5월에 개화하는 꽃이 뭐야?" 하고 물으면 단 한 개도 풀네임으로 대답할 수 없었지만, 시험문제는 전부 풀 수 있었다. 나는 그렇게 A+, A0 학점을 하나씩 따냈다.

의전원 진학이라는 목표가 있었던 나는 전공과목을 학문적으로 탐구하기보다 학점을 잘 받는 데에 집중했다. 지금 생각하면 조금 아쉽다. 의전원 진학 목표가 없었다면 성적이 잘 나올 것 같은 과목을 고르지 않고, 내가 듣고 싶은 과목, 내가 공부하고 싶은 과목을 택해서 학점을 낮게 받더라도 재미있게 더 다양한 공부할 수 있었을까? 그렇다 하더라도 학점이 중요한 사회인데 과연 그런 선택을 할 수 있었을까?

그래도 내가 원하던 목표를 위해 열심히 공부한 것에 대해서 후회는 없다. 같이 자리 맡아주던 친구들이 생각난다. 그 친구들 모두 대부분 좋은 의전원에 진학해서 지금 잘 살고 있다. 어떤 친구들에게선 청첩장도 종종 날아온다. 그때의 치열함은 나에게 향수처럼 남아 있다. 그러나 다시 그 시간으로 돌아가고 싶지는 않다.

내년에는 서울 재즈 페스티벌에 갈 수 있을까? 생각해본다. 이제는 더 늦기 전에 뮤직 페스티벌에 한번 가보고 싶다. 올해 가려고 했는데, 티켓이 완판이어서 또 일 년씩 이렇게 밀린다. 저질 체력인 내가 그런 곳에, 그것도 지금에 와서야 가면 분명 피곤해서 1시간 만에 집에 가고 싶어 할 것을 안다. 그래도 뭔가 나의 20대를 보상받는 느낌으로, 상징적으로라도 꼭 한번 가보고 싶다.

짐을 내려놓고
주변을 살펴보기로 했다

사람들은 내게 많은 장애가 생겼다고 말한다. 타인의 시선과 여러 제약으로 자유가 제한되었을 것 같다면서 안타까워한다. 하지만 내 삶에서 자유가 제약된 적은 없었다. 지금도 마찬가지다. 여전히 나는 밖에서 친구들을 만나고, 식당에서 밥을 먹고, 전처럼 차를 몰고 이곳저곳 다닌다. 아버지는 한동안 집 밖에 잘 나가지 않으셨고, 몇 년 동안 한 마디 한 마디 조심하며 사셨다. 실은 자유가 제약되었다기보다는, 나와 우리 부모님의 일거수일투족에 사람들이 관심을 더 쏟게 되었다는 표현이 더 어울릴 것이다. 그러나 자유를 제약하는 건 사회가 아니라 자기 자신이다.

내가 유일하게 하지 못하게 된 것은 의사로서의 일이다. 어릴 때부터 장래희망으로 꼽았던 일을 법적으로 하지 못하게 되었다. 삶에는 언제나 득실이 있게 마련이라던데, 내 인생에서 가장 큰 실은 의사가 될 수 없다는 사실일 것이다. 이에 상응하는 득이 앞으로 내 삶에 있을까 생각해보지만, 아마 절대 없을 것 같다. 평생 꾸어온 꿈이 가로막히자, 처음에는 막막함과 동시에 앞으로 무얼 해서 먹고살아야 하나, 하면서 두려웠다. 하지만 내가 그토록 원했던 의사의 길도 인생에 놓인 여러 길 가운데 하나일 뿐일지도 모른다는 생각이 들었다.

사람들은 자꾸 말한다. 대학을 다시 가든, 외국에 가든 다시 시작하라고. 어떻게든 의사 면허를 되찾을 방법을 모색해보라고 말이다. 하지만 대학을 다시 가라고 하는 건 내 학력을 되돌리고 싶어 하는 일부 지인들의 희망이지 나의 희망사항은 아니다.

나는 요즘 학력이라는 것이 나에게 어떤 의미가 있는지 곰곰이 생각해보는 중이다. 만일 내게 정말 의학 공부에 대한 의지가 있고 진정 원한다면 다시 시도해볼 것이다. 하지만 누구가 내게 지금 어떠한 의지와 각오가 있는지 묻는다면 나는 "지금은 특별히 공부하고 싶은 게 없어요"라고 솔직하게 말할 것이다. 내가 지금 하고 싶은 것들을 하며 살기에도 시간이 부족한데 내가 왜 다시 학교에 가야 하는 걸까? 결국 고졸 학력으로 살아가기엔 우리 사회가 좀 만만하지 않으니까 졸업장을 따놓으라는 것 아닐까? 나는 남에게 부끄럽지 않을 정도의 '적당한 학력'을 위해 '적당한 과'를 선택해 대학에 다시 갈 생각이 없다. 물론 살면서 내가 어떤 일을 할 때 정말로 대학 졸업장이 필요한 일이 생긴다면, 또는 내가 정말 하고 싶은 일이 있는데 대졸자만 가능하다면, 그때는 기꺼이 다시 공부해서 졸업장을 따낼 것이다.

하지만 지금의 나는 아니다. 그게 아니라고 한다면 내가 왜 지금 인생의 10년을 되돌리기 위해 또 10년을 투자해야 하는가. 그것은 내 뜻에도, 인생의 가성비에도 맞지 않는다.

그러면 또 누군가 반문할 것이다. 의사를 하려는 의지가 원래 이렇게 희박했느냐고. 의사가 되고 싶어 한 사람이 맞긴 한 거냐고.

나라고 10년 공부한 것이 왜 아깝지 않겠는가. 내가 인생에서 가장 간절했던 꿈은 의사가 되는 것이었다. 그중에서도 응급의학과에 꼭 가고 싶었다. 힘들게 공부하고 밤잠을 설치면서도 나는 평생을 병원에서 보낼 생각으로 살았다. 살면서 의사라는 길만 보고 달려왔기 때문에 지금처럼 어떤 제동이 걸려 있는 상황에서 내가 하고 싶은 다른 일들을 찾아보고 있는 나날이 힘겨울 때도 많다. 그러나 어쩌면 이 또한 생의 과정이지 않을까?

나는 늘 의사가 되고 싶었다. 그런데 나는 전문의를 위한 수련 시기를 놓쳤다. 동기들과 흔히 '로컬 시장'이라고 하는데, 내가 '의사'라는 이름만 달고 싶은 거라면 인턴을 할 필요도 없이 졸업하자마자 연봉을 가장 많이 주는 동네 의원에 취직하든 개업을 하든 얼마든지 그럴 수 있었다(개업한 의료인이나 동네 의원에서 일하는 의료인에 대한 폄하가 아님을 분명히 밝힌다). 당직만 서는 알바의사를 하는 방법도 있었다. 그러나 내 나름의 보람, 내가 느끼는 보람은 로컬 시장이 아니라 응급실이라는 작지만 큰 공간 안에 있었다.

'내가 느끼는 보람'과 '사회의 시선'이라는 대립항 사이에서 내가 의사로 일하면 지탄받는 상황이라면 내가 과연 이걸 유지하는 게 맞는가 하는 의문이 들었다. 의사 면허가 살아난다고 하더라도 만일 내가 응급의학과 수련을 못 받는다면, 의사로 계속 살 이유가 있을까?

누군가는 내게 수련을 꼭 종합병원이나 응급의학 쪽으로 받아야 할 이유가 있느냐 묻는다. 왜냐면 작은 응급실의 경우 전문의가 부족하여 일반의도 모집하고 있기 때문이다. 하지만 작은 병원에서 형식적으로 수련받고 싶지 않았다. 그러면 나중에 현장에 투입되었을 때 대처 능력이 떨어질 수도 있고 경험이 부족해 뜻하지 않은 사고를 낼 가능성도 커진다.

교수님의 가르침이 머릿속에서 맴돌았다.

"훌륭한 의사는 착한 의사가 아니다. 실수하지 않는 똑똑한 의사다. 사람 생명이 왔다 갔다 하는 마당에 착하고 멍청한 의사는 아무 쓸모가 없다."

그래, 그럴 거면 안 하는 게 낫다. 생명이 왔다 갔다

하는 응급실 현장에서, 불충분한 수련을 받고 싸워낼 수 있을까? 생사가 오가는 상황에서 내가 제대로 하지 않으면 환자에게 오진을 내릴 수도 있다. 상상만 해도 끔찍하다. 수련을 제대로 못 받고 응급실에 설 거라면 안 하는 게 낫겠다는 생각이 들었다.

게다가 내가 의사로 일하는 것이 사회적으로 큰 논란이 되고, 의사로서의 내 사명감이나 전문성이 끊임없이 도마에 오르는 상황에서 내가 아무리 열심히 한들 과연 인정받을 수 있을까? 환자들은 나를 신뢰하고 몸을 맡길 수 있을까.

의료 혜택이 미치지 못하는 많은 곳에, 사실상 의료혜택을 못 받는 곳에 나의 작은 손길이 조금이나마 도움이 된다면 누군가의 삶이 완전히 달라질지도 모른다. 조건이 닿는다면 그렇게라도 살고 싶었지만, 이제는 불가능한 일이다. 명지병원도 경상대병원도 수련의로 받아주지 않았다. 나보다 성적이 낮은 사람도 붙었는데, 블라인드가 원칙이라고 모집요강에 크게 적어뒀던 경상대병원에서는 면접관이었던 병원 고위 관계자가 내 이름과 상황을 언급하며 왜 우리 병원에 지원했냐고 핀잔을 주기도 했다.

'아, 이제 나는 아무 데서도 안 받아주는구나. 앞으로 수련은 글렀구나.'

응급의학과는 항상 모집정원이 차지 않아 추가 모집

하는 경우가 있고 가을에도 모집한다. 주변 친구들이 여기 비었다고 지원해보라고 추천을 많이 해줬다. 하지만 더 지원해봤자 기삿거리만 늘어나겠다는 생각이 들었다. 딱 거기까지였다. 의사로서의 내 앞길이 막혀버린 순간이었다.

보건복지부에서 나의 의사 면허를 취소하기 전에 나는 의사 면허를 반납하겠다고 선언했다. 온전히 나의 선택이었다. 뉴스에서 "진심으로 반성하고 있으면 면허를 반납하고 소송을 취하해야지"라고 하던 패널이 막상 내가 면허를 반납하고 소송을 취하했더니 "기소를 피하려고 쇼하네"라고 한다. 공중파 뉴스에까지 나와서 떠드는 사람이 저렇게 앞뒤가 안 맞을 수 있을까? 또 어떤 분은 "아버지 총선 출마를 위해 네가 희생했구나, 잘했다. 넌 딸이기 때문에 아버지의 성공이 곧 너의 성공이다. 그때 시집가거라"와 같은 성차별적 망언을 쏟아냈다.

예전에는 어른들의 말은 다 맞는 줄 알았다. 웃어른은 존경할 대상이고, 나보다 큰 지혜를 담은 사람들인 줄 알았다. 그런데 살다 보니 꼭 그런 것만은 아니다. 분명 아닌 사람도 정말 많다. 존경심은 나이에서 오는 게 아니라 정말 존경할 만한 사람일 때 생긴다는 것을 깨달았다.

다시 말하지만, 의사 면허 반납은 여러 요소를 고려해 심사숙고 끝에 내린 결정, 나를 위한 선택이었다.

"인생에 레몬이 주어지면, 레모네이드를 만들라"는 격언이 있다.

비록 지금 인생의 대부분을 부정당했지만, 이 상황을 나는 제2의 자아실현 기회로 만들어보려 한다. 한 길만 바라보고 달려온 나에게 이 같은 강제 멈춤은 아마 평생에 한 번 겪을까 말까 하는 트라우마일 것이다. 하지만 나는 이 막힌 상태를 기꺼이 누려보기로 마음먹었다. 일단 멈추어 주변을 살펴보기로 했다. 내가 지금까지 달려왔던 길이 좁고 긴 길이었던 데 반해 이제부터 펼쳐질 길은 꽃도 피어 있고 산도 보이는 그런 길일지도 모른다. 그 길을 천천히 즐기며 걷다 보면 나의 세상도 확장되어 더 큰 행복을 안겨다 줄지도 모른다.

소록도에서

소록도병원은 우연한 계기로 가게 되었다. 전국 의대생 중에서 의료 정책과 관련해 지원자를 모아놓고 진행한 캠프가 있었다. 캠프에서는 조별로 나뉘어 활동했는데, 우리 조에 배정된 지도교수님이 감염의학을 하시는 분이라 한센병에 대해 배울 수 있었다. 교수님은 우리를 소록도에 데려가셨다. 캠프에서는 국가 의료 정책에 대해 토의하고, '한센병'에 대해 공부했다. 그러면서 자연스럽게 봉사활동을 가게 되었다. 한센병 환자라고 해서 사실 특별히 의료활동을 할 것은 없었다. 어르신들 세수를 도와드리고 말동무를 해드렸다.

의전원 커리큘럼상 한센병을 깊이 있게 배우지는 않는다. 그저 감염병이고 소록도병원이 한센병에 특화되었다는 것 정도만 알 뿐, 자세하게는 알지 못했다.

"완치된 분들은 이제 전염성이 없는데, 왜 이 섬에 다 격리되어 살아가는 건가요? 감옥처럼요. 시내에도 가고 다른 지역에도 거주하면 좋을 텐데요."

순진무구했던 나는 이렇게 질문했다.

"한센병을 앓고 나면 팔다리가 썩어들어가 외관상 좋지 않아요. 그렇기 때문에 사람들 눈을 피하고 싶어 하고 본인들끼리 모여 사는 것이 편하니 다들 내륙으로 이사하지 않고 소록도 마을에 정착해서 산답니다."

또, 보건복지부 소속 섬인 소록도 안에 있어야 사회적으로도 진료를 보장받으면서 지원금을 받을 수 있어 보호의 테두리를 벗어나지 않는다는 대답을 들었다.

의아했다. 우리나라도 소위 선진국이라는데 언제쯤 질병에 대한 사회적 편견으로부터 자유롭게 살아갈 수 있을까? 어떤 특이한 질환이나 장애를 가졌다 해도 사람들과 더불어 지낼 수는 없는 것일까?

같은 2급 감염병에 속하는 결핵은 모든 대학병원 감염내과에서 다룬다. 그런데 한센병은 왜 대학병원에 전공하는 의사가 거의 없어 소록도에 가서 치료받아야 하는 걸까?

소록도병원에서 일하시는 선생님들은 어떤 분들이든 다 사명감 있는 분들이다. 국립병원이니 월급도 많지 않을 텐데 고립된 곳에서 일하는 그분들이 대단하다고 느꼈다.

사람들은 대개 한센인을 불쌍하게 본다. 힘든 삶을 살 것 같고, 다른 일상을 보낼 것 같다고. 하지만 막상 접한 한센인들은 그냥 우리와 똑같았다. 물론 치료 과정과 이후의 삶에서 마주해야 했을 시선과 고통은 있었을지언정 말이다.

　내게 "이것 좀 먹어 봐" 하고 간식을 내밀고, 세수시켜드리는데 "내 며느리가 교수인데……"로 운을 띄우며 "남자친구는 있니? 나이 찼으면 시집가야지!" "요즘 다들 너무 늦게 결혼하더라. 그러면 안 돼. 빨리 결혼해서 아기 많이 낳아야지"라고 말씀하신다.

　여느 어르신들과 다를 바 없다.

　그곳에 고작 일주일 머물렀다. 오래전이라 정확히 기억나지는 않지만, 더 짧게 머물렀을 수도 있다. 머무르는 내내 주민들은 봉사단에게 오래 머물러주어 고맙다고 말했다. 어느 정치인은 소록도를 이용해 이미지를 바꾸려 하고, 봉사하러 온다더니 또 사진만 찍고 가고. 그런 일이 빈번하니 봉사하러 오는 사람들도 마냥 반갑지만은 않다고 했다.

　봉사하는 사람 중에는 큰 착각에 빠진 이도 많다. '자기보다 불쌍한' 사람을 도우면서 보람을 찾는다고 생각하는 사람들이다. 나는 개인적으로 봉사하면 할수록, 봉사의 대상에게서 배울 점이 더 많이 보인다. 불쌍하기는커녕 모두 '똑같은 사람'이라는 것을 깨닫는다. 똑같지만 다른 사람들. 도움이 필요한 사람일 수는 있지만, 결코 불쌍한 사람들은 아니다. 그 누구도 다른 이를, 어떠한 이유로든 불쌍하게 여길 수 없다. 저마다 다른 사연을 안고 각자의 방식으로 살아갈 뿐이다. 그러니 내 처지와 비교해 타인을 불쌍하다고 여기며 우월감을 품은 채 돕거나 이를 보람의 발판으로 삼아서는 안 된다. 도움이 필요한 사람에게 때마침 도움을 줄 수 있는 여유를 조금이나마 더 가졌다는 데 감사하고, 그 작은 도움의 손길을 나누면서 그분들로부터 세상 사는 이야기와 인생에 대해 배우는 것을 감사해야 한다.

우리는 먹고살기 위해 일한다. 정말 당장 일하지 않으면 굶어 죽는 사람도 있다. 그래도 우리는 자신을 놓아서는 안 된다. 문화적으로 개선되지 않아 생기는 인권 문제들과 갑질은 어떠한가. 많은 정책이 마련되고 사회적 보장제도가 하나둘 늘고 있다지만, 사각지대는 여전히 존재한다. 외국인 노동자, 미등록 이주 노동자, 장애인, 성소수자, 의료 부분도 마찬가지다. 매달 가족의 생계를 책임져야 하는 이들은 지금도 성실하게 일하고 있다. 앞으로 우리 사회가 서로를 좀 더 따뜻하게 바라보고, 삶의 부담과 고통을 함께 나누는 성숙한 터전이 되었으면 좋겠다.

나의 바람직한 허세와
백호 이야기

지금 나와 함께 살고 있는 '고영희' 님은 백호와 심바, 이렇게 두 마리다. 백호와 심바의 이름을 들으면 사람들은 둘 다 수컷이냐고 묻는다. 하지만 두 친구 모두 암컷이다. 젠더 뉴트럴 시대 아닌가! 나를 만나서 멋지게 살라고 붙여준 이름이다. 그리고 이름을 좀 촌스럽게 지어야 오래 건강하게 산다기에 예쁘고 앙증맞은 이름보다는 직관적인 이름을 지어주고 싶었다. 그래서 한 마리는 호랑이, 한 마리는 사자를 상징하는 이름을 본 따서 지었다. 백호는 하얀색 털, 심바는 갈색 털을 가지고 있다.

우리에게는 아침마다의 루틴이 있다. 자고 일어나 눈을 뜨면 따스함이 느껴진다. 목만 간신히 들어 따뜻한 자리를 살펴보면 심바는 내 한쪽 겨드랑이에, 백호는 내 사타구니에서 곤히 자고 있다. 특히나 백호는 내 사타구니에 꽂혔다. 자다가 허벅지가 묵직해지면 보지 않아도 안다. 역시나 백호다. 마치 내가 맞춤 침대라도 되는 듯 허벅지에 쏘옥 들어와 있다. 무언가 편한 각도가 있는 건지 자세를 잘도 잡았다. 잠에서 깨 이불을 들추면 백호는 마치 '감히 나의 잠을 깨우는 거냐, 이불을 다시 덮거라!' 하는 표정으로 나를 힐끗 쳐다본다. 그렇게 이불을 다시 덮어주면 또 잔다. 이렇게 집사는 이불 밖으로 나가지 못하는 행복한 쿠션 신세가 된다.

지금은 '냥수르'의 삶을 사는 백호. 백호는 길고양이 출신이다. 백호에게는 정말 기구한 사연이 있다. 사연 없는 길고양이가 있겠냐마는, 백호는 시장 길바닥에서 가족을 모두 잃고도 살아주었다.

처음 백호와 연이 닿은 건 2020년 가을, 포인핸드 앱을 통해서였다. 포인핸드 앱에는 여러 사연으로 올라온 동물이 많다. 당장 데려갈 수 있는 동물부터 임시 보호가 필요한 동물들까지 관심과 손길이 필요한 아이들이 많았다. 앱을 살펴보다 임시 보호 섹션에서 한참을 아무도 안 데려간 고양이가 눈에 들어왔다. 연락해보니 아무도 데려가지 않으려 한다고 언제든 데리러 와도 된다고 하는 게 아닌가. 새끼 고양이들을 올리면 작고 귀여워서 사람들이 이내 데려가지만, 성묘라서 다들 꺼린다는 것이다. 예쁘게 생긴 하얀 고양이. '얘 데려와야겠다' 하는 생각이 본능적으로 들었다. 지역을 물으니 울산이란다. 그래, 양산에서 울산이 아주 가깝진 않지만 나에겐 차가 있는데 뭐! 하면서 뽀짝뽀짝 갔다. 당시 나와 함께 식당에서 밥을 먹고 같이 있던 의전원 동기 친구에게 말했다.

"우리 울산 가자, 고양이 데리러."

토끼 눈을 한 친구는 '응?' 하고 얼떨결에 조수석에 앉아 나와 함께 흰 고양이를 데리러 갔다. 데리러 온다는 사람이 나타났다고 하니까 구조에 참여한 단체에 소속된 분과 구조에 도움을 주신 분까지 와 계셨다. 아마도 내가 유기묘를 맡겨도 될 만한 괜찮은 인간인지 확인하고 싶으셨던 것 같다. 어쩌면 여자 혼자 산다고 하니 불안해하셨을 수도 있고. 이러한 상황이다 보니 나는 최선을 다해 '고양이의 생태를 잘 알고 있으며, 애를 정말 외롭지 않게 끝까지 책임질 수 있고, 건강을 지켜줄 경제적 능력도 충분하다'는 것을 최대한 어필해야만 했다. 여기서 내 허세가 발동했다.

"저 고양이 키울 돈 충분해요. 고양이계의 만수르로 키울게요."

"저 고양이 키워봤고요, 정말 잘 놀아줄 수 있어요."

"저는 다이어트하지만 고양이는 아주 잘 먹일 거예요."

"제 밥은 안 먹어도 고양이 밥은 챙길게요."

묻지도 않은 다짐들이 튀어나왔다. 내 허세 아닌 허세에 임시 보호하시던 분과 구조자분들의 눈이 빛났다. 백호는 임시 보호 기간에 보호자의 집 발코니에서 살았다. 강아지를 키우던 집인데, 둘 사이가 좋아지지 않아 조그마하고 기다란 공간에서 혼자 생활했다. 발코니 밖으로 나가면

강아지가 있으니 무섭고, 그래서 불안 증세가 점점 심해졌단다. 그냥 봐도 정서가 불안해 보이는 이 고양이에게 천천히 다가갔다. 바로 데려가지 않고 손을 내밀어 내 냄새를 맡게 했다. 그 집 발코니 앞에 앉아 한참을 가만히 있었다.

챙겨간 간식을 주고 익숙해지고 나서, 가져온 케이지—만반의 준비를 해 갔다—를 슬며시 발코니 안쪽으로 밀어 넣었다. 천으로 된 케이지였는데, 양산에 있는 대형 반려동물용품 판매점에 가서 "제일 좋은 케이지 주세요" 해서 쿠션감이 좋은 걸로 골라온 것이다. 이 또한 고양이를 위해서도 그랬지만 임시 보호를 해주신 분과 구조자분들을 안심시키기 위한 것도 있었다.

"저 장난감도 사 왔어요!" 하고 털실 공이며 매끈한 공을 내밀어보였다. 고양이가 이내 케이지 안에 들어왔고 나는 얼른 지퍼를 잠그고 차 뒷자리에 실었다.

"오늘을 기점으로 인생이 달라질 고양이예요!"

백호에게 백호라는 이름이 생기기 전, 그러니까 임시 보호자를 만나기 전의 일이다. 백호가 목격되었던 곳은 시장 골목이었단다. 남편 고양이와 함께 말이다. 몰랐는데 백호는 터키시 앙고라라는 품종의 품종묘였다. 이런 품종묘가 왜 시장 골목에 있었을까? 전 주인은 백호와 백호의 남편 고양이를 함께 키웠던 모양이다. 이 아이들을 중성화하기 전에 백호가 임신하자 감당할 수가 없었는지 누군가 버린 거다. 임신한 상태로 말이다. 흔히 보이는 동네 고양이와 생김 새가 다른 고양이 한 쌍, 그리고 새끼 두 마리가 함께였으니 아마 시장 골목에서 제법 눈에 띄었을 것이다.

고양이는 한 번에 새끼를 대여섯 마리씩 낳는데—평 균적으로 4~6마리를 낳는다— 두 마리만 낳았을 리는 없 다. 새끼는 작고 귀여우니 누가 집어 갔을 것이고 엄마, 아 빠, 새끼 고양이 두 마리가 골목골목을 전전하며 살았다.

백호가 구조된 것은 시장에서였다고 한다. 누군가 남 편 고양이를 때려죽인 것이다. 누군가 신고해서 구조자분들 이 도착하니 피투성이가 된 남편 고양이는 이미 숨을 거둔 뒤였다. 그리고 그 곁에는 어미 고양이와 새끼 고양이 두 마 리가 있었단다.

구조되자마자 새끼 고양이들은 바로 누가 데려갔다. 그렇게 어미는 혼자 남겨졌다. 구조자분의 이야기를 들으니 먹먹해졌다. 집에 데려와 고양이를 다시 보았다. 아기처럼 생겼지만, 출산한 흔적으로 배 모양이 조금 달랐다. 이미 중 성화는 되어 있었고, 눈곱 낀 꼬질한 얼굴이 마음에 걸려 가 볍게 목욕시켰다. 그러자 회색빛의 털이 새하얘지고 기름이 라도 바른 듯 반짝반짝 빛났다.

임시 보호자분이 '백설'이라는 이름을 지어 부르고 있었는데, 나는 씩씩하고 강한 이름을 붙여주고 싶어서 암 컷이지만 이름을 백호로 바꿔주었다. 그렇게 백호는 내게 왔다.

지금 백호는 네 살 정도로 추정된다. 3년 정도 나와 함께했으니 구조 당시에는 한 살 무렵이지 않았을까 싶다. 눈앞에서 짝지 고양이가 죽고, 아이들도 잃고. 백호에게는 엄청난 트라우마였을 것이다. 사람에게만 트라우마가 있을까? 동물에게도 트라우마가 있다. 우리 집에 와서도 한동안 백호는 곁을 내어주지 않았다. 사람을 무서워하고 낯선 사람이 보이면 숨었다. 나는 집에 가서도 일부러 백호를 무시 —하는 척—했다. '나는 그냥 이 공간에 너와 함께 존재하는 한 생명체일 뿐이야'라고 인지시키려 그냥 내버려뒀다. 백호의 움직임에 내가 반응하면 '엇, 나한테 반응하네?' 할까 봐 백호가 흠칫해도 나는 그냥 꿋꿋이 백호를 무시하고 가던 길을 갔다. 그저 밥과 물을 넣어주고 무시하고 무시하며 조용히 있었다. 열흘쯤 됐을까, 백호가 나에게 다가와 스윽 쳐다보기에 나는 그저 밥 주는 사람 정도로 인식하게끔 말없이 츄르를 주었다.

　　그렇게 조금씩 친해져 백호는 내 껌딱지가 되었다. 내가 집에 들어가면 무조건 현관으로 마중 나오고, 컴퓨터 앞에 앉아 있으면 무릎에 앉아 눕고, 잘 때에도 무조건 등을 딱 붙이고 잔다. 내가 돌려 누우면 등 위에 올라와 또 자고, 배든 무릎이든 옆구리든 늘 나와 살을 맞대고 잔다. 이제 백호에게 나는 안전한 존재가 되었다.

　　너무 안전하다 못해 집사 신세가 된 걸까? 이런 날이 평생 계속될 줄 알았는데, 일이 년 지나고 나니 아쉬운 사람은 내가 되었다. 백호는 이제 내가 집에 가도 힐끗, 내 손길도 귀찮아하고 불러도 본척만척한다. 진정한 우리 집 주인이 되셨다. 그래도 편안해 보이는 백호의 모습을 보면 안심이다.

백호야, 너의 묘생이 조금은 평온해졌니? 아픈 기억이 다 잊히지는 않더라도, 더 즐겁고 따뜻한 기억으로 살아갈 수 있게 앞으로도 하나씩 하나씩 곁에서 너의 매일을 채워줄게.

평생을 함께한,
함께할 내 동생

나에게는 다섯 살 터울의 남동생이 있다. 아기 때부터 동생은 친절하고 다정했다. 어릴 때, 나는 마트에 가면 내 과자 하나만 사서 그냥 내가 먹는 성격이었다. 그런데 동생은 맨날 두 개씩 사서 나를 줬다고 한다. 나는 생각나지 않지만 동생도 가족들도 분명 기억하는 풍경이다.

나는 동생한테 잘해주지 못했다. 어떤 누나였을까 돌이켜보면 어린 마음에 동생이 생기니까 부모님의 사랑이 분산된다고 생각했던 것 같다. 나 하나면 충분하다고 말하던 부모님이었는데, 동생이 생기다니. 어린 마음에 충격이 컸던 것일까.

동생은 내가 다섯 살 때 태어났다. 갓난아기는 정말 손이 많이 간다. 동생은 미국에서 태어났는데, 한국에서는 갓난아기 분리 수면 교육의 필요성이 최근에서야 대두되고 있고, 과거에는 부모님이 아이를 꼭 데리고 자야 한다는 인식이 있었다. 하지만 당시 미국에서는 분리 수면이 대세였다. 신생아 때는 바구니처럼 생긴 요람에 재우고, 조금 자라 몸을 뒤집을 정도가 되면 아기용 침대에 따로 재운다.

어릴 때, 얼핏 기억나는 장면이 있다. 자는 척하고 누워 있다가 모두가 잠들고 난 뒤 살금살금 동생 방으로 갔다. 나도 다섯 살로 어린아이였기 때문에 동생 얼굴을 보려면 아기 침대에 기어서 올라가야 했다. 그런데도 굳이 기어 올라가 동생 볼을 꼬집어 울렸다. 그러곤 부모님이 오기 전에 내 침대로 다시 가서 자는 척했다. 그렇게 부모님의 눈을 피해 동생에게 꿀밤도 몇 번 쥐어박고 했던 기억이 어렴풋하게 남아 있다.

나중에 친할머니가 말씀해주시길, 나는 아버지를 닮았다고 하면서 웃으셨다. 두 살 터울 삼촌이 태어나니까 아버지가 몰래 삼촌한테 가더니 "콱 쥐어뿔까" 하더란다. 내가 동생을 꼬집어 울린 것도 다 아빠 피에서 온 것이 틀림없다.

동생이 안정형 아기라면, 나는 밤마다 시끄럽게 울어대는 불안형 아기였다고 한다. 다섯 살도 어린아이인데, 동생의 존재가 내게는 위기처럼 느껴졌던 모양이다. 이런 기억이 남아 있지만 동생에게는 아직 말하지 않았다. 그냥 생각날 때마다 동생에게 더 잘해준다.

보통 남매끼리 친밀한 사이인 경우는 별로 없다고 하

는데, 나랑 남동생은 무언가 각별하다. 워낙 씩씩하고 당찬 성격인 내가 의지가 되었는지 동생은 지금까지도 큰 문제가 있거나 뭔가 결정해야 할 일이 있으면 부모님이 아니라 나에게 먼저 말을 꺼낸다.

나는 진로가 너무 확실했던 사람이라 크게 진로 고민이 없었지만, 동생은 항상 "뭘 하지" 하면서 고민이 많았다. 동생은 다방면에 재능이 많다. 그리고 나보다 훨씬 똑똑하다. 백과사전처럼 두루두루 아는 것도 많다. 내가 모르는 게 있으면 동생한테 물어보면 쉽게 대답해주고, 같이 여행 갈 때 내가 모르는 역사도 줄줄이 읊는다. 미국에서 동생이 중학교에 다닐 때는 담임선생님이 동생을 영재학교로 전학 보내자고 권할 정도였다. 물론 동생이 기숙학교 가는 것을 거부하여 무산되었다. 아마 그래서 더 고민이 많았을지도 모르겠다.

동생은 온라인 게임을 잘하고 또 좋아한다. 게임을 그냥 잘하는 게 아니라 한창 잘할 때 프로게이머 제의를 받을 정도로 실력이 높았다(오버워치 기준 아시아 서버에서 48위, '롤'이라고 부르는 게임 '리그 오브 레전드'는 다이아 등급이다). 요즘 친구들이 그렇듯, 내 동생도 정말 하고 싶은 게 뭔지 잘 모르겠다고 한다.

나는 동생과 친구처럼 지낸다. 양산에 살고 있을 때도 동생은 조금만 쉬고 싶어져도 내게 왔다. 공기가 좋다고 시외버스를 타고 다섯 시간이나 걸려 내려와서는 거실에 벌러덩, 누워 지냈다. 주변에 보면 남매들은 서로 징그럽다고 싸우고 나이가 들면서 서로 멀어지는데, 다 큰 동생이 이렇게 내 곁에 와서 같이 지내는 걸 보면 사람들은 신기해한다. 사실 내가 봐도 신기하다.

사실 양산에는 젊은 사람들이 놀거리가 별로 없다. 우리 집 거실에서 "아 재미없어, 바닥은 딱딱하고 허리가 너무 아파" 하면서도 계속 머문다. 키가 185센티미터가량 되는 애가 호기롭게 거실에 누워 있으면 나도 썩 유쾌하진 않다. 시험 기간에 놀러 오면 난 공부해야 하는데 옆에서 롤을 하고, 음식을 배달시켜서 계속 먹으니 말이다. 동생은 나와 반대로 대식가라서 혼자서 삼겹살집에 가서 3인분을 구워 먹는다. 내가 침대에서 일어나 학교에 가거나 책상에 앉으면 기다렸다는 듯이 내 침대로 다이빙해서 뒹굴뒹굴한다.

"드디어 침대다! 아이고 허리야!"

기가 막히게 저녁 시간만 되면 쫄래쫄래 와서 말한다.

"누나 나 양산 맛집 찾아봤어. 초원 한우가 그렇게 맛있대. 거기 가서 나 한우 좀 먹어야겠어."

이런 '맛잘알' 같으니라고. 난 시험 기간이라서 집에서 대충 먹고 공부하려고 했는데 끌려 나가고 만다. 물론 운전도 내가 한다. 동생은 넉살도 좋아서 초원 한우 사장님한테 "사장님, 저 서울에서 이거 먹으러 여기까지 내려왔어요.

여기 고추장아찌가 미쳤거든요. 저 내일 버스 타고 다시 귀경하는데 고추장아찌 조금만 싸주시면 안 돼요?" 하며 아주머니 마음을 살살 녹인다.

동생과 나는 극과 극의 다른 성격이지만 항상 동의하는 한 부분이 있다. 콘서트나 페스티벌을 별로 안 좋아한다는 점이다(사실 나는 입시 준비를 하다 강제로 못 가는 바람에 익숙해진 것이긴 하다). 음악은 온전히 깨끗하고 완벽한 음원으로 듣는 것을 선호한다. 또, 내가 듣고 싶은 음악을 듣고 싶은 조합으로, 듣고 싶은 순서대로 골라 듣는 것을 좋아한다.

재미있는 건 각자 듣는다는 거다. 나는 그 정도는 아닌데 동생은 반드시 노이즈캔슬링 기능을 켜놓고 서로 한 공간에서 조용히 듣는다. 듣는 장르도 다르다 동생은 EDM, 하우스, 테크노를 아주 좋아하고, 나는 주로 뉴에이지, 힙합을 듣는다. 취향도 참 다른데 또 지론은 같다.

사람이 많은 곳보다 편안한 사람 곁에서 각자의 취향을 즐기는 일. 비록 어린 마음에 동생에게 해코지한 적도 있지만, 어느덧 기억도 못 하는 추억으로 남고 이렇게 서로 믿고 의지할 수 있는 존재가 되었다. 이렇게 조건 없이 함께할 수 있고, 서로 연결된 존재가 있다는 자체만으로 참 소중하고 감사하다.

나의 속 깊은
친구들

내가 친하다고 느끼는 친구들에게는 공통된 특징이 있다.

다들 잔잔하다. 본인의 일을 열심히 한다. 울창한 숲처럼 늘 그 자리에 있는 친구들. 언제든 믿을 수 있는 친구들이다.

나는 어지간해서는 모든 결정을 독립적으로, 스스로 혼자 하고 싶다. 스스로 선택하고 최종적으로 결정짓지 않으면 나중에 후회하거나, 안 좋은 결과에 대해 남 탓을 하기 일쑤다. 그러니 반드시 내 인생에 대한 결정에 있어서는 내가 최종결정권자여야 한다.

하지만 종종 이 선택이 맞는지 헷갈릴 때가 있다. 특히, 사회에 나의 존재가 알려지고 나서부터는 여기저기서 조언을 주거나, 이건 맞고 저건 틀렸다는 의견을 주는 사람이 많다. 그러다 보니 처음에는 나 스스로 결정하는 데 자신이 없었다. 인스타그램을 오픈할까 말까 고민할 때도 그랬다. 한참을 고민하다 믿을 수 있는 친구들에게 조언을 구했다.

"네가 하고 싶으면 하는 거지. 다른 사람들 너무 신경 쓰지 마."

인스타그램 계정 하나 만드는 것조차 고민했던 나는 친구들의 말에 용기를 낼 수 있었다. 든든해졌다.

예나 지금이나 나를 똑같이 대해주는 친구들. 내 상황이 좋지 않다고 판단해 더 도와주거나 배려하는 대신 그냥 인간 조민의 친구로 항상 거기 그대로, 그 자리에 있었던 친구들이 제일 고맙다. 자존심도 세고 외향적인 내게 친구들이 무언가 평소와 다른 기색을 내비치면 내가 자존심 상할까 봐 그저 똑같이 대하는 친구들.

괜히 뉴스 얘기 꺼내면서 "너 안 힘들어?" 하는 사람들에게 어떻게 대답하면 좋을까?

사실 어떻게 답변하는 게 현명할지는 나도 잘 모르겠다. 내가 걱정되어서 하는 말이겠지만, 그런 대화 방법에 나는 익숙하지 않다. 나는 힘든 일을 입 밖으로 내면 더 우울감에 빠진다고 믿는 사람이다. 누군가가 "힘들어?" "무슨 일 있어?"라고 질문할 때 답변하면서 힘든 일을 되새김질하게 되고, 그 감정이 한 번 더 수면 위로 떠오르게 되니까.

나는 힘든 일을 겪게 될 때면 머릿속에서 나만의 프로세싱을 몇 차례 돌린다. 그 누구도 나를 도와줄 수가 없다는 것을 잘 알기 때문이다. 시간을 가지고 객관적으로 상황을 파악하고 판단하며, 내 감정을 다스리고, 비로소 모르는 사람에게도 가볍게 얘기할 수 있을 정도가 되기까지. 그렇게 되면 그때는 대답도 수월하게 할 수 있고, 먼저 얘기를 꺼내 농담의 소재로 사용할 수 있을 정도로 괜찮아진다.

그러나 그전에 '그런 말'을 꺼낸다는 것은, 나에게 감정 공유를 강요하거나 강제하는 행위와 같다. 상대방은 정말 생각해줘서 하는 말일 수 있지만, 이상하게도 나한테는 굉장한 스트레스로 다가온다. 평소에 여장부 같은 성격을 가지고 털털하고 단단하기로 유명한 내가 약한 모습을 보여주고 싶지 않은 데서 비롯된 일종의 방어기제일 수도 있겠다.

그렇기에 평소와 똑같이 대해주면서 알게 모르게 챙겨주는 친구들이 오히려 큰 도움이 된다. 정말 힘들 때, 힘드냐고 물어보면 답을 하지 못하고 카톡도 읽고는 답장하지 않게 된다. 하지만 시시콜콜한 맛집 이야기며 자기 소개팅 나간 썰을 푸는 친구의 수다를 듣고 있다 보면, 처음에는 버거웠던 마음도 주제가 가볍고 재미있으니 30분이고 1시간이고 통화하게 된다. 그리고 전화를 끊었을 때, 한층 기분이 좋아져 있는 자신을 발견한다.

방에 틀어박혀 있던 내게 전화해서 깊이 묻지 않고, 그저 "야, 영화나 보러 가자" 하고 나를 세상 밖으로 이끌어준 친구들. 어설픈 위로보다 속 깊은 배려를 행동으로 보여준 사람들.

이 친구들의 또 하나 특징은 자기 일에 자부심을 가지고 열심히 일한다는 것이다. 주체성을 가지고 자기 삶을 스스로 꾸려나가기 위해, 자기의 꿈을 이루기 위해 하루하루 열심히 산다. 공부하다가 힘들 때도 있었고, 의사로 일할 때도 쉽지 않았다. 의사 면허를 반납하고 새롭게 이것저것 시도할 때도 모든 게 낯설고 어려웠다. 이때 묵묵히 자기 일을 해나가는 것 그 자체로 친구들은 나에게 힘이 되었다. "지금 할 수 있는 일을 열심히 하면 돼. 네가 하고 싶은 일을 계속하면 돼." 그런 말들이 마치 우리가 서로의 길을 대신 걸어줄 수는 없어도 나란히 함께 걷는 듯한 느낌을 준다. 그리고 나 또한 친구들에게 그런 존재—옆을 지켜주면서 함께 나아가는—가 되고 싶다.

아버지와 나

"아빠, 왜 나 얘기하는데 도망가?"
"어, 아니야. 거기서 얘기해라."

　나는 수다 떠는 걸 좋아하는데, 아버지는 지금도 내가 말이 조금만 길어지면 스르륵 '도망'가신다. 10분 정도만 되어도 조용히 서재로 향하시니, 안 들으시는 거다.
　평생 수다 떠는 것보다는 책과 대화하고, 업무와 공부에 집중하고, 대화하더라도 학문적 또는 정치적 주제에 관해 대화하는 쪽에만 흥미를 느끼는 아버지다. 그래도 절대 나와 동생에게 소홀하지는 않으셨다.
　우리 집은 어렸을 때부터 집에서 밥을 해 먹는 일이 드물었다. 부모님이 모두 바쁘셨기 때문이다. 그래도 아버지는 항상 나와 동생을 위해서 무언가 챙겨주려고 노력하셨다. 그래서 서운한 마음이 전혀 없다.

중학교 때, 어머니가 한창 바쁘셨다. 박사학위를 따기 위해 영국과 한국에 오가실 무렵이었다. 아버지는 직접 요리하지는 않더라도 동생과 내가 굶고 학교에 가지 않도록 아침에 무조건 나가서 브런치를 사 오신다거나 샌드위치를 포장해 오신다거나 해서 식사를 준비해주셨다. 나갈 수 없을 정도로 바쁘거나 급한 때에는 냉동실에 사다 놓았던 고기를 구워주셨다. 한창 먹성이 좋았던 중학교 시절의 나는 그게 참 좋았다. 아침부터 고기라니! 하루를 행복하게 시작했다.

"고기 좋아!" 했더니 아버지는 일주일 내내 아침마다 고기를 구워주셨다. 아버지는 그런 분이다. 영양이라거나 칼로리 같은 건 차치하고, 맛있게 잘 먹으니까 우리 딸 힘내라고 자식들이 좋다면 그뿐이었다.

"맨날 고기 사 와서 내일 아침에 또 고기 구워줄까?"

소금에 후추만 뿌려서 구워주시는 고기가 얼마나 맛있었는지 아직도 그 맛이 혀끝을 감도는 것 같다. 차려주기에 간편하다고 하셨지만, 뒷정리는 만만치 않으셨을 거다. 먹여서 보내려고 아침부터 기름과의 사투를 벌이셨을지도 모른다.

아버지와 버클리에 살면서 유치원에 다닐 때는 소고기를 많이 먹었다. 9학년 땐가, 벨몬트에 살 때는 소고기와 돼지고기 가격이 비슷했다. 그래서 아침부터 소고기로 배를 든든히 채웠다. 그리고 주변에서 좋다고 하거나 뉴스에서 몸에 좋다는 음식은 다 찾아서 먹이려고 하셨다. 누가 아침에 먹는 사과가 좋다더라 하면 사과를 억지로라도 반쪽을 먹어야만 집을 나설 수 있었다(이후로 나는 지금까지 사과를 먹지 않는다). 살갑고 다정한 아버지는 아니었지만, 자식을 사랑하는 나름의 방식이 있다.

이잉- 문자메시지 알림이 울린다. 아버지다. 메신저에 보낸 내용을 빨리 보라고 한 번 더 붙여서 보내시는 거다. 평소 메신저 알람을 꺼놓는 나는 메신저로 온 메시지 확인이 늦는 편이다. 아버지가 생각했을 때 굉장히 중요한 것이 있으면 종종, 굳이 문자메시지를 한 번 더 보내신다. 빨리! 어전트! 뭐가 그리 긴박한가 싶지만 내용을 보면 그리 급한 것도 아니다. 최근 내게 독촉하신 것은 동요 녹음한 걸 컬러링 신청하라고 하시는 거다.

'컬러링 신청을 하거라.'

컬러링 리스트에 올라오면 바로 바꾸시려는 거다. 이 글을 쓰는 와중에도 한 번 더, 컬러링 신청을 하라고 문자가 왔다.

'아빠, 요즘 사람들은 컬러링 안 해.'

그래도 해야 한다며, 내가 발표한 곡으로 바꿔야 한다는 것이다. 아버지의 컬러링은 몇 년간 비틀스 음악이었다. 아리랑 몇 년, 비틀스 음악 몇 년이었고, 그 후로 한참 바꾸지 않았았는데, 아버지에게 내 목소리가 담긴 컬러링으로 바꾸는 건 긴급한 일이었나 보다. 뜻하지 않게 아버지의 독촉에 컬러링을 등록했는데, 등록 당일 바로 컬러링을 바꾸셨다. 이제 독촉할 일이 없다고 생각했는데, 그러고 나니 이제 본인에게 빨리 전화해서 새로 바뀐 컬러링을 들어보라고 재촉하신다.

하……. 이후로 아버지에게 전화할 때마다 내 목소리가 들린다. 나는 내가 부른 노래를 들으면서 기다리는 게 너무 낯부끄러운데, 아버지는 아버지에게 전화 오는 수많은 사람에게 내 딸 노래 컬러링 했다고 자랑하고 싶은가보다. 아버지에게 전화할 수많고도 다양한 사람이 "컬러링 바꿨네요?"라고 하면 선비 같은 아버지가 어떻게 티를 내며 자랑할지 좀 궁금하긴 하다.

아버지랑 나는 다른 듯 비슷한 면이 많다. 어머니가 동생을 더 예뻐하고, 아버지가 날 더 예뻐해서 그런지 내가 아버지를 많이 닮긴 했다. 예뻐해서 닮는 것인지 아니면 반대로 닮아서 예뻐하시는 걸까.

아버지와 나의 공통점은 '극강의 효율파'라는 것이다. 관심사는 사뭇 다르지만, 상황판단이 냉정하고 주관이 뚜렷한 것도 닮았다. 문제 해결을 중요시하는 것도 매우 같다. 계획도 세세하고 꼼꼼하게 세우는 편이다. 나는 아버지를 닮은 이런 나 자신이 좋다.

우리 세대가 느끼는 다정함이란 안아서 달래주고 토

닦여주고, 곁에서 살펴주는 것에 가깝다면 우리 아버지에게는 아버지 나름의 방식이 있다.

어렸을 때, 내가 잘못한 게 있으면 여느 아버지처럼 아버지도 나를 혼내셨다.

"이건 네가 잘못했지" 하면 울음이 터진 나에게 몇 마디를 하신 다음 갑자기 엉뚱한 소릴 하셨다.

"눈물 흘리면 염분 때문에 얼굴 부으니까 빨리 세수해라."

"아, 나 울고 있는데 무슨 소리예요."

그럼 아버지는 나를 막 화장실에 데리고 가서 세수를 시켜주셨다. 그리고 또 울고 울면 버억 버억, 거친 손으로 마구 내 얼굴을 씻겼다. 그러면 코가 위아래로 뭉개지며 아픈 것이었다.

"아빠~! 코~~!"

그렇게 웃으며 마무리하는 우리였다. 아버지의 그 손길이 아직도 생생하다.

크게 혼내셔도 10분에서 20분 뒤쯤이면 방으로 꼭 오셨다.

"괜찮냐, 빨리 자라" 하면서.

대학교 1학년 때부터는 내가 독립된 삶을 살고 있었기에 아버지에 대한 좋은 기사가 났을 때도 나중에 알았다.

청와대 근무를 하게 되어 문재인 대통령과 아버지가 함께 커피를 마시며 산책하는 사진이 담긴 기사도 그랬다. 그것도 사람들이 먼저 말해줘서 기사를 찾아보았다.

청와대에서 근무하시던 시절 아버지는 나한테 거의 전화를 하지 못했고, 내가 아버지에게 전화해도 아버지는 받을 수 없을 만큼 바쁘셨다. 매일 아침 6시면 나가고 자정이 다 되어서야 들어오시는 생활을 하셨다. 주말도 공휴일도 없었다. 나날이 살이 빠지고 치아와 잇몸에 문제가 생겼던 시절이라 내가 전화하는 것조차도 미안했다. 다른 가족들도 마찬가지였다.

민정수석으로 근무하던 시절에 문제가 된 치아를 치료하기 위해 아버지는 이후로 약 3년에 걸쳐 병원에 다니셔야 했다. 원래 '워커홀릭'인 아버지가 더 일에 빠져 살았던 시간이었다. 엄마와 동생 등 다른 가족 구성원과의 대화나 소통도 매우 어려웠다. 집안일이나 자식 학교문제들도 도맡아야 했던 엄마는 불만이 많았지만, 꾹 참고 감수하셨다. 우리에게 "아빠를 문재인 대통령에게 빼앗긴 것 같구나. 아빠가 청와대에서 나올 때까지는 아빠 없는 셈 치자"라고도 하셨다. 그런데 소통을 못 하고 지냈던 시절이 살짝 그리울 정도로, 요즘에는 아버지가 정말 전화를 자주 하신다.

이제는 추억처럼 남은 나날들이다. 머지않은 날, 가족이 모여앉아 그동안의 일을 나누며 맛난 음식을 함께 나눌 수 있기를 바라본다.

든든한
나의 가족

나는 결혼도 하고 가정도 꾸리고 싶다. 지금 당장 결혼하고 싶거나 아이를 낳고 싶은 건 아니지만 언젠가 정말로 사랑하는 사람이 생기면 그와 가정을 이루고 싶다. 그리고 나와 배우자를 골고루 닮은 아이도 낳고 싶다. 우리 부모님이 나와 동생에게 따스하고 안전한 가정환경을 선물해주신 것처럼 나도 그렇게 하고 싶다.

　가까운 사람들조차 내게 의사 수련을 받지 않는 게 좋겠다고 말했다. 내가 의사로 일하면 끊임없이 잡음이 생길 테니 하는 조언일 것이다. 하지만 하는 데까지는 해보고 싶었다. 합법적으로 내가 할 수 있는 한, 하고 싶은 일을 하고 싶었다. 그래야 후회가 남지 않으니까.
　인턴 이후 레지던트로 지원했을 때, 한 번 떨어지니 무수한 말이 쏟아졌다. '봐, 정치적으로도 그렇고 네가 성적이 충분해도 너 안 뽑으니까 이제 그만해' '지원하지 마, 계속 그러면 너 무능한 이미지만 쌓여' ……

하지만 나는 계속 떨어져도 또 지원했다. 응급의가 아니면 의사로서의 정체성이 흔들릴 것이라고 믿었기 때문이다. 그리고 순진하게도 아직 '어른'들이 원칙대로, 공평하게 블라인드로 나를 평가할 것이라고 믿었다. 한 대학교에 지원했을 때는 두 명 뽑는데, 나 혼자 지원했음에도 또 떨어졌다. 물론 성적은 충분했다. 비난은 또 쏟아졌다. '얼마나 공부를 못 했길래, 무능하길래 혼자 지원했는데도 떨어지냐.'

나를 모르는 사람들이 내게 멍청하다는 말을 던졌다. 그 후 나는 재판이 끝날 때까지는 수련을 받을 수 없음을 직감했다. 그래서 추가모집에 추천해주겠다는 동료들의 제안을 모두 거절하고—응급의학과는 비인기과라 정원이 미달되면 종종 추가로 인원을 모집한다— 다른 병원에 취직했다. 그곳에서 나의 주역할은 코로나 병동에서 환자들을 돌보는 것이었다. 틈이 나면 응급실 과장님, 내과 과장님, 외과 과장님을 찾아가 지식과 술기를 배우려고 노력했다. 그 뒤 재판 준비로 바빠지는 바람에 주 6일 정규직으로 근무하는 것이 어려워지자 주 4일제로 근무하는 병원으로 이직했다.

시간이 갈수록 애가 탔다. 주변 친구들은 모두 레지던트 1~2년 차이거나, 일찍이 일반의로 나와 경력을 쌓고 개원준비를 하는 등 본인의 목표를 향해 달려가는데, 나만 원하던 것이 좌절되어 뒤처진 것만 같았다.

수련 시기를 놓치고 있구나, 하는 생각이 들기 시작했다. 당시만 해도 당장 수련받을 수 있으면 늦지는 않았다는 생각이었다. 하지만 나는 현실적인 사람이다. 결혼과 출산에 대한 생각이 없지 않았기에 언제 끝날지도 모르는 재판 이후 레지던트 과정에 들어갈 수 있을지, 들어간다고 해도 가정이 있는 상태에서 수련을 잘 받을 수 있을지 염려되었고 큰 문제가 생길 수도 있겠다고 직관적으로 느꼈다.

30대 중후반의 나는 일반적인 상황이라면 결혼할 가능성이 높다. 나는 결혼을 인생에 몇 안 되는 중요한 단계 중 하나라고 생각한다. 따라서 그 가능성을 배제하고 싶지는 않았다. 40대, 그 이후에 결혼해도 상관은 없지만 나는 결혼 이후 출산도 생각하고 있기에 의학적으로 고려했을 때 아이가 있는 상태에서 수련은 쉬운 일이 아닌 것을 안다.

내게는 의사로서의 삶만큼이나 사랑하는 사람을 만나 가정을 꾸리는 것도 중요하다. 온전한 가족, 행복한 가족 꾸리기는 내 삶에서 커리어를 쌓는 것만큼 중요하다. 가족으로부터 정말 많은 힘을 얻으며 살아온 만큼 가족이 얼마나 소중한지 누구보다 잘 알고 있기 때문이다. 가족은 에너지의 원천이자 사랑으로 두른 울타리다. 물론 우리 가족은 서로를 굉장히 의지하지만, 결코 의존적이지는 않다. 각각 개인의 몫을 감당하면서 살아가지만, 언제나 뒤에서 든든하게 지켜준다. 나를 중심으로 이런 가족을 꾸린다고 생각하면 굉장히 설렌다.

그래서 응급의학과 레지던트에서 떨어졌을 때, 그리고 끝나지 않는 재판을 기다리면서, 천천히 나는 앞으로도 현실적 이유로 수련을 할 수 없게 되겠구나 하고 깨달았다.

의사로서의 꿈도 정말 중요하고 간절했다. 하지만 냉정하게 생각해서, 이제는 내가 내려놓아야 한다고 판단했다.

오늘도 나는 나만이 갈 수 있는 새로운 길을 걷는다.

슬픔은
조금씩 밀려 들어와

마음을 열고 얘기할 수 있는 친구.

진짜 나, '조민'에 대해서 이야기해 줄 수 있는 친구.

바로 떠오르는 세 명이 있다.

그중 가장 소중했던 한 친구는 이제 별이 되었다.

살면서 좋은 사람, 고마운 사람을 많이 만났지만, 이상하게두 정말 모든 걸 내어줄 수 있을 것 같은 친구들은 이제 내 곁에 몇 없다.

지수는 고등학교 2학년 때부터 친하게 지낸 친구다. 한 살 후배여서 같은 반은 아니었지만, 함께 밴드 활동을 하며 가까워졌다. 이 친구가 성인이 되었을 때 첫 여행을 함께 갈 정도로 친했다. 친구 부모님은 지수가 나와 여행 간다고 하면 다 보내주시고 나도 이 친구와 어디든 간다고 하면 부모님도 오케이, 지원해주셨다. 그렇게 이 친구와 계속 같이 잘 지냈다.

지수를 만난 이후로 모든 생일을 함께 보냈다. 친구 부모님도 나를 정말 잘 챙겨주셨고, 서로 남자친구도 소개해주고, 서로의 친구들도 다 소개해주었다. 함께 여행도 자주 다니고 부모님의 안부를 묻는, 정말 좋은 친구였다.

대학원 시절, 아버지가 장관으로 임명되면서 나와 아버지에게 힘든 일이 닥쳤다. 서울대에 아버지 관련 대자보가 계속 붙기 시작했다. 서울대에는 당시 내 친구들이 많이 다녔는데, 지나가면서 그것을 볼 생각을 했더니 너무 속상하고 부끄럽고 서러웠다. 때마침 지수에게서 전화가 왔다. 푸념 아닌 푸념으로 속상하다 했더니 지수가 말했다.

"제가 내일 출근하기 전에 아침에 떼줄게요, 언니."

"아니야 뭘 네가 떼! 그런 얘기가 아니었어. 그리고 그거 물품 훼손에 법적으로 문제 된대."

"아니? 나 내일 6시에 일어나서 뗄 건데?"

"아니 진짜 떼지 말라니까."

그 친구는 강남에 살면서 아침 9시까지 상암동으로 출근해야 했다. 설마, 하고 자고 일어나서 핸드폰을 보니 대자보를 구겨 모아놓은 바구니 사진이 와 있었다. 지수로부터였다.

'언니, 내가 네다섯 개 떼었어. 하나가 더 있다는데, 내가 출근해야 해서 그건 못 뗐어.'

생각지도 못한 일이었다. 미안하고 또 미안하고, 고마웠다.

내가 어떤 큰 변화를 겪고 아버지에게도 힘든 상황이 닥친 와중에 다른 것들은 유지하고 싶은 마음이 컸다. 그렇게라도 해야 그나마 있는 안정감이 유지될 것 같았다. 친구들, 가족들, 내 생활 패턴, 자고 일어나는 시간, 식사 시간, 정기적인 운동, 이런 정형화되고 루틴화한 것들을 반드시 유지해야만 우울하지 않을 것 같았다. 더욱이 정신과 공부를 아주 좋아했기에 너무도 잘 알았다. 우울증 환자에게 가장 먼저 권하는 것이 생활 패턴을 일정하게 유지하는 것이다. 그래서 기를 쓰고 내 루틴을 지키려고 했다. 아침에 일어나면 커피 내려 마시기, 아침은 건너뛰기, 공복으로 운동하기, 공부하기, 일찌감치 점심을 먹고 오후에 공부하기, 친구들과 나가서 이른 저녁 맛있는 것으로 챙겨 먹기, 일주일에 한 번은 나가서 친구들과 놀기 등. 여기서 내 힘으로 유지할 수 있는 것이 대부분이지만 내 힘으로 유지하지 못하는 부분은 분명히 있었다. 인간관계. 아버지가 민정수석, 법무부 장관으로 잘 나갈 때는 매일 같이 밥 사준다 술 사준다, 누구 소개해주고 싶다, 선 자리 마련해주고 싶다, 이 말 아버지께 꼭 좀 전해달라, 부탁할 게 있다, 돈 빌려달라 연락하던 사람들이 한순간에 툭 끊겼다. 조금 씁쓸하긴 했지만 원래도 그런 자리, 그러니까 아버지 때문에 부른 자리에 나가는 것을 굉장히 싫어했던 나는 오히려 잘 되었다 싶었다.

원래 내가 친하다고 생각하는 친구들은 애초에 나를 '조국의 딸'로 보지 않았다. 그냥 '조민'으로 보았다. 이런 친구들만 남으니, 신기하게도 마음이 아주 편안해졌다. 그리고 깨달았다. 전에 가졌던 넓고 얕은 인간관계는 큰 의미가 없다. 그저 집 앞에서 삼겹살에 소주 한잔 마시면서 시시콜콜한 이야기나 하고 서로 밥값 내겠다고 싸우는, 지금 남아 있는 이 친구들이 진짜다.

각자 본인의 삶을 사느라 정치나 뉴스를 보지 않지만, 네이버 메인에 내가 뜰 때면 전화 와서 "야 너 또 네이버 메인에 있더라? 이러다 연예인 되겠어! 그 전에 사인 부탁해도 돼? 하하하 밥이나 사줄게. 나올래?" 하면서 나를 헛웃음 짓게 하는 친구들. 그 친구들의 선봉에는 항상 지수가 있었다.

지수의 대자보 철수 사건 이후로도 그녀가 내게 감동을 준 일이 또 있었다. 집이 압수수색을 당한 날, 내 생일 전날이었다. 가족 중 누구도 당연히 내 생일을 신경 쓰지 못했다. 나조차도 내 생일을 잊고 있었으니.

사람들이 들이닥쳐 집을 뒤지고 물건을 가져가고, 눈앞에서 낯선 사람들이 내 방을 오갔다.

'뭐지, 내 방이 왜 털리고 있는 거야.'

너무 놀란 마음에 그저 이렇게 앉아 있는데, 지수에게서 전화가 왔다.

"언니, 언니 집 앞에 기자가 왜 이렇게 많아요?"

"너 어디야? 뉴스 봤어?"

"아니, 언니 집 근처에 한 번 왔는데 사람이 너무 많아서. 어머니가 언니 생일 밥 사주라고 카드 줬는데 어떻게 나오지?"

"정말? 나 못 나가. 나가면 카메라 한 100대는 있을걸?"

"언니, 뒷문으로 한번 나와봐요. 한번 어떻게든 나와봐."

집이 털리고 있는데 내가 어떻게 어머니를 남겨두고 혼자 가겠는가. 어머니도 정신이 없는데. 그런데 통화 내용을 들은 어머니가 말씀하셨다.

"민아, 너라도 나가. 너 혼자 나가."

"아니, 나도 그냥 여기 같이 있을게요."

"아니야, 여기는 지금 사람 몇 명만 있으면 되고 여기 있어봤자 압수수색이 이게 언제 끝날지 몰라. 계속 지연될 수도 있고 영장 추가로 나오는 것도 기다리고 하면 12시간이 걸릴지 24시간이 걸릴지 몰라. 그러니 차라리 나가서 있다가 와라."

그렇게 나는 기자들의 눈을 피하려 경비아저씨의 도움을 받아 옥상을 통해 옆 라인으로 가서 옆 라인 문을 통해 바깥으로 나올 수 있었다.

이 순간, 이렇게 손 내밀어주고 생일을 챙겨주는 친구…….. 누가 내게 또 이렇게 할 수 있을까?

지수가 나를 데려간 곳은 친구가 일하던 회사에서 임

직원 할인이 되는 레스토랑 중 가장 좋은 음식점이었다. 고급 레스토랑이라 망설였는데, 지수는 나를 잡아끌었다. 이 음식점은 훗날 뉴스에 나왔다. 한 변호사가 내가 '호화 생일 파티'를 했다며 제보해 보도한 것이다.

그래, 호화라면 호화였다. 지수와 나 여자 둘이 요리 세 가지에 음료수 한 잔씩을 마셨으니.

그런데 정말 신박한 뉴스가 나왔다. 그 가게에서 제일 비싼 코스요리를 10명이 먹어서 돈 100만 원 가까이 나왔다면서. 아, 허위 기사라는 게 이렇게 나는구나를 그때 제대로 느꼈다.

그래도 괜찮았다. 나를 진심으로 챙겨준 친구가 곁에 있었으니까.

지수와 내가 정말 좋아하던 간식이 있었다. 인터넷으로 시간을 맞춰 경쟁하듯 주문해야 했는데, 1초 만에 '완판'되어 "빵케팅"이라는 신조어가 나올 정도였다. 우리 어머니도 이 빵을 참 좋아하셨다. 그래서 우리 모녀와 지수는 항상 판매 오픈 10분 전에 컴퓨터 앞에 앉아 마우스를 쥔 손에 땀이 찰 만큼 긴장하곤 했다. 한 명이 실패하면 성공한 사람이 나눠주곤 했는데, 나는 실패하고 지수가 한 개를 구입하는 데 겨우 성공한 날은, 그 작은 초코브라우니를 4등분해 두 조각을 주면서, 어머니께 한 조각 드리라고 가져오던 친구였다.

우리에게는 우리만의 전통이 있었다.

1. 생일마다 서로 풀코스로 대접하기
2. 선물은 예산 5만 원 내로 사기

나는 상대적으로 환경이 유복한 유학생들 사이에서 자랐기에, 그리고 SNS가 발달하면서 생긴 부작용으로 고가의 브랜드 쇼핑백에 담긴 선물을 주고받는 것을 심심치 않게 보는 편이다. 그럼에도 서로 부담을 주고 싶지 않아 지수와 서로 선물을 받지 않겠다고 떼를 쓰는 바람에 만든 룰이었다. 마음을 표현하고, 진심을 주고받기 위한 일종의 규칙이었다. 그렇게 나는 작년 5월, 대부도로 지수를 데려갔다. 조개구이도 먹고, 전동 이륜바이크도 타고, 바다 앞에 텐트를 펼쳐놓고 고기도 구워먹었다. 지수의 생일을 맞아 준비한 것이었다. 바닷가에 있던 갈매기들한테 과자를 조금 던져주었다가, 시흥 갈매기들을 다 불러 모아 지수에게 종일 잔소리를 들었다. 무섭고 비위생적이라고 나를 말리던 지수였다.

그런 지수가 핼러윈 데이에 친구와 다른 장소에서 저녁 시간을 보내다가 밤에 이태원에 들러야 한다고 했다. 나는 그날 만나기로 한 친구들이, 코로나 이후로 처음 맞는 핼러윈 데이라 사람이 많을 것 같다고 해서 그 친구들과 신사동에 가기로 했다. 지수도 아는 친구들이라서, 카톡 메시지를 보냈다.

'오늘 이태원 사람 너무 많을 것 같은데 너도 신사동으로 와.'

'그럼, 잠시 이태원에 들러 친구 지인들한테 인사만 하고 바로 넘어갈게!'

그런데 지수는 오지 않았다. 연락도 닿지 않았다. 시간이 조금 지나 뉴스에 이태원 참사 소식이 올라왔다. 에이 설마, 아닐 거야. 자고 있겠지. 사고 당일에도 지수는 미팅과 강좌 수강으로 오후 시간을 다 보냈다고 했고, 지수의 다음 날 일정도 아침부터 밤까지 타이트하게 이어져 있는 것을 알고 있기에, '아마 피곤해서 집으로 들어갔다가 연락할 타이밍을 놓치고 잠이 들었나 보다'라고만 생각했었다.

지수의 부모님은 한국에 안 계신다. 내가 기억하는 한 오래전부터 해외에 근무하셔서 한국에는 가끔 오셨던 것으로 기억한다. 형제도 없고 혼자 사는데 연락이 되지 않으니 연락할 길이 없었다. 불안한 마음으로 밤을 지새웠다. 지수를 걱정한 친구들과 서로 연락을 주고받다가, 한 친구로부터 연락을 받았다. 지수로 추정되는 사람이 한 병원의 영안실에서 발견되었는데 가족이 국내에 없어 친구라도 가서 확인해야 한다는 것이었다. 가슴이 철렁했다. 나는 이를 듣고도 도저히 갈 수가 없었다. 그냥 내 침대에서 멍하니 계속 앉아만 있었다. 눈물조차 나지 않았다.

아닐 거야, 설마. 받아들일 수가 없었다. 정말 지수라면? 지수의 마지막 모습을 마주할 자신도 없었다. 잠깐 이태원에 들러 인사만 하고 온다고 했던 친구다. 그런 네가 왜…….

정신을 차리고 보니 지수의 장례식이 열렸다. 지수의 부모님이 귀국하시는 동안 상주 자리를 맡아주신 이모님 가족분들에게 나를 포함한 지수의 친한 친구들이 상주복을 입겠다고 자청하여, 상주복을 주문해주셨다. 이렇게 친구들은 장례식 내내 유족들과 함께 조문객을 맞으며 빈소를 지켰다.

장례식장에 가서 마주한 사진 속 지수의 얼굴. 현실감이 없었다. 문득 생각해보니 지수의 얼굴도 못 보고 이렇게 보낼 순 없었다. 귀국한 지수의 부모님께서 지수를 보러 영안실에 들어가실 때 따라 들어가서 나도 그녀의 마지막을 볼 수 있었다. 어머님을 부축해서 갔기 때문에 최대한 슬픔을 눌렀다. 한번 물꼬를 트면 내가 감당할 수 없는 감정이 물밀듯 밀려 들어올 것 같았다.

나의 어머니에게도 지수의 소식은 충격이었다. 수술차 입원 중에 지수의 이야기를 접한 어머니는 한동안 우셨다. 나중에 알게 된 사실이지만, 지수는 이태원 언덕 위에 위치한 한남동 그랜드 하얏트 호텔 야외 주차장에 주차를 하고, 바로 친구와 걸어 내려와 이태원 세계음식문화거리에 도착한 지 불과 15분 만에 변을 당했다.

최근, 지수의 어머니가 밥을 사주셨다. 어머니와 이런저런 이야기를 주고받다 어머니의 한마디에 마음이 쿵 하면서 안도감이 들었다.

"민아, 너 잘 살고 있어."

인스타그램에 지수 생일 때 지수와 대부도에 가서 찍은 사진을 올린 적이 있다. 내가 소중하게 생각하는 친구가 찍어준 나의 소중한 추억, 그것을 내 계정에 올려두고 싶었다. 소중한 기억, 기억하고 싶은 지수를 간접적으로 담은 장면. 그리 생각하고 올린 사진이었다.

누군가는 이 사진을 올린 의도가 무어냐며 내 정신상태까지 언급했다. 얼굴도 모르는 이들이 그 사진에 이런저런 이야기를 붙인다. 말도 안 되는 이야기들이다. 하지만 내가 해명한답시고 무언가 언급하는 건 도리가 아니라 생각했다. 내가 입을 열면 열수록 기사가 크게 나고, 기사가 크게 나면 지수가 뉴스에 나오겠구나 싶었다.

사람들이 나를 두고 이러쿵저러쿵하는 것은 상관없었지만, 지수를 가십거리로 올리는 건 싫었다. 지수의 부모님은 또 얼마나 힘드실까 하고 그냥 내가 조금 욕을 먹고 말자고 생각했다.

얼마 전, 지수의 어머니에게 말씀드렸다.

"지수가 찍어준 사진으로 기사가 나서 죄송해요."

"아니, 아줌마는 민이가 어떤 마음으로 그 사진을 올렸는지 너무나 잘 알기에, 누가 뭐라든 괜찮아. 오히려 지수와의 추억 생각하며 사진 올려줘서 엄마로서 고맙지."

어머니는 그 사진을 보면 나를 찍어주는 지수가 보이는 것 같다고 하셨다. 그래서 그 사진을 지우지 않았으면 좋겠다고 말씀하셨다. 정말 감사했다. 내게는 소중한 친구이자 어머니에게도 사랑하는 딸인 지수는 그렇게 우리 마음에, 사진으로 남았다.

지금까지 내 인생의 오랜 시간을 함께한 친구, 지수의 이야기를 책에 담을지도 정말 고민이 많았다. 혹여나 나로 인해 영향이 미칠지도 모를 지수의 어머니께도 미리 양해를 구했다.

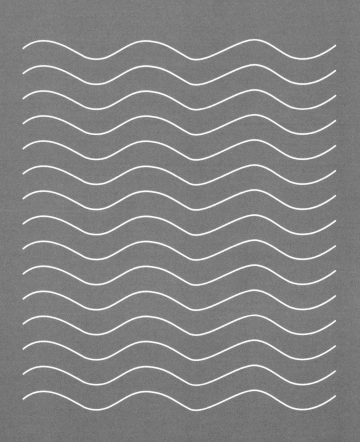

말랑말랑
몽글몽글
내가 좋아하는 것들

나와는 어울리지 않는 단어다. 하지만 내가 참 좋아하는 느낌.

나는 나를 차분하고 말랑하게 하는 것들이 좋다. 지금 내 주변에서 몽글한 것들을 꼽으라면 백호, 심바, 내 동생, 여행, 사랑, 그림 전시…….

나는 어떤 특정 작가를 따라다닌다기보다는 그림을 보러 가는 행위 자체를 즐긴다. 새로운 작품을 접하는 것은 정말이지 신나는 일이다. 어떤 화가의 그림이 들어왔다고 할 때 '그거 보러 가야지' 하고 마음먹는 것부터가 즐겁다. 예술에 특별한 재능이 있다거나 조예가 깊은 건 아니지만 누구나 있는 그대로 즐길 수 있는 게 또 예술이니까.

그런대로 계속 감상하다 보니 취향이라는 것이 생겼다. 어떤 전시는 금세 보고 나오는데 또 어떤 때는 한나절을 곱씹으며 본다. 그때 새삼 깨닫는다. '아, 내가 이런 걸 좋아하는구나' 하고.

특히나 직관적인 사진전은 내 감각을 일깨워준다. 〈어노니머스 프로젝트〉를 보러 갔을 때, 평범한 일상 속 소중한 순간을 캡처한 장면들을 보았다. 모두 주제 미상, 작가도 미상이었다. 스쳐 지나갈 수 있는 일상의 순간순간들에서 몽글함을 느낄 수 있다는 걸 일깨워주는 전시였다. 근현대사를 아우르는 사진전이었던 뮤지엄한미 삼청 개관전 〈한국 사진사 1929~1982 인사이드 아웃〉도 기억에 많이 남는다. 뻥튀기 기계 앞에서 언제 "뻥!" 소리가 터질지 몰라 귀를 막고 있는 아이들의 모습부터, 전쟁에 나갈 때 기차 플랫폼에서 작별하며 한순간이라도 놓치지 않기 위해 서로를 바라보며 애틋하게 인사하는 부부까지⋯⋯. 작품을 통해 직접 경험하지 않은 일을 받아들이고 공감하며 머리로 감상하는 대신 느껴보는 것, 나는 이런 순간이 참 좋다.

어떤 전시는 작품보다 갤러리 건물이 더 오래 기억에 남는다. 건축 양식을 잘 몰라도 그 공간만이 품을 수 있는 개성이 느껴지면 그것으로 충분하다. 호불호를 떠나 마음이 저절로 움직이니 말이다. 예술은 이렇게 지식적인 측면보다도 직관적인 감동을 선사하는 신비한 매력이 있다.

나는 정교하고 섬세한 작품 앞에 서면 일종의 경외심이 든다. 내게 어떤 기술이 있다고 해도, 아무리 죽을 때까지 연마해도 저렇게는 할 수 없겠다는 생각이 들면서 존경스러운 마음이 우러난다.

회화, 건축, 조각……. 두루두루 생활에서 예술을 즐기는 게 좋은 나는 더더욱 도시를 벗어날 수 없다. 물론 자연도 좋아하지만, 성격상 새로운 전시를 놓치지 않고 얼른 봐야만 속이 시원하다. 나는 한국이 좋다. 없는 게 없다. 살기에도 편하고 도시도 있고 자연도 있고. 이렇게 아름다운 곳이 또 있을까? 깨끗하면서도 인프라가 잘 구축된 서울은 최근 공연도 아시아 국가 중에서 제일 먼저 들어오고 예술 작품을 접하기에도 용이하다. 내가 무언가 하고 싶은 게 있으면 멀리 가지 않아도 즐길 수 있다. 내가 내 힘으로, 내 발로 가서 보고 먹고 즐길 수 있는 서울이 좋다.

한국에는 친구도 있고 가족들도 있지만 무엇보다 내가 외국에서 오래 생활하면서 깨달은 것은 그곳에서는 내가 절대로 주류가 될 수 없다는 점이었다. 한계를 마주할 때마다 외국에서 나는 그저 외국인이구나 하고 절실하게 느꼈다. 이방인의 삶이랄까. 어떤 선택 앞에서도, 아파도, 무언가를 하려고 해도 외국에서 나는 그저 타국 사람이다. 평생을 살지 않아도 혹시나 내가 살 수 있다면 어느 나라가 좋을까, 곰곰 생각해보아도 역시 내 나라 서울이 제일 좋다. 내 뿌리가 있는 곳.

나의 감성으로 내가 해석하는 일, 어찌 보면 주관적일 수 있는 감상 앞에서 나의 감흥은 증폭된다.

사실 나는 감정 기복이 큰 편이 아니다. 슬픈 이야기

를 들어도 '슬프네' 하고 마는 성격이다. 기쁜 일을 앞에 두고도 마찬가지다. 내 안을 아무리 들여다보아도 스스로 길어올릴 수 있는 '몽글몽글함'이 절대적으로 부족하다. 내가 몽글몽글한 느낌을 들게 하는 것들을 좋아하는 이유다.

갤러리에 가면 어떤 영감을 주고 나를 자극하는 감각들이 느껴진다. 깨어나는 기분이 든다. 이를테면 뒤샹의 〈변기〉 같은 작품은 이성으로 가득한 내게 더 극한의 이성을 끌어내게 한다. 워낙 투박한 성격이라 감성적이고 세심한 면이 돋보이는 작품에 마음이 가는 것 같다. 도무지 어떻게 한건지 작업 과정이 상상이 가지 않는 그런 작품들 말이다.

그렇다 보니 '몽글몽글함'을 '퐁퐁' 샘솟게 해서 나의 감정선을 '탁탁' 건드리는 것들에 매료된다. 친구나 남자친구도 늘 나보다 훨씬 감성적이고 예민한 친구들과 잘 맞았다. 나는 챙기지 못하는 것들을 이 친구들이 갑자기 건드려주는 부분들이 있어서다.

아버지와 내가 사실을 중시하며 분석적이고 객관적이라면, 어머니와 동생은 상황과 관계, 감정을 중시한다. 이번에 유튜브를 시작했을 때도 나는 준비할 것들이 너무나 많아 바쁜 나날을 보냈다.

그저 평소처럼 목표를 잡고 열심히 일하고 있으면 아버지는 '꼼꼼하게 마지막까지 잘 책임지고 잘 해내거라' 하시면서 응원한다. 그러면 나는 또 비장한 마음으로 "알았어요"라고 대답한다.

한두 시간쯤 지나면 동생에게서 카톡이 온다.

'누나, 누나의 첫 유튜브 개시를 축하해. 처음에 시작하는 게 쉽지 않았을 텐데 나는 정말 누나를 응원해……'

이번에 동요를 녹음했을 때도 아버지는 '동요 나오면 아버지가 컬러링 해주마' 했다면, 동생은 '새로운 기회로 이렇게 누나가 녹음을 하게 되었네. 조금 무섭지만 누나 잘할 수 있을 거야' 하고 이야기해준다. 달라도 너무 다르지 않은가?

생각지도 못했던 동생의 장문톡에 감동이 몰려왔다. 급 몽글몽글함을 느꼈다가 답장할 타이밍을 놓쳐버렸다. 하지만 누가 또 내게 이런 따스함을 전해줄까. 그저 고마울 뿐이다.

감사하게도 단기간에 유튜브 실버버튼을 받게 되었다. 10만이 된 순간, 정작 나는 미처 모르고 있었다. 구독자 수를 신경 쓰기보다는 다음 업로드 영상의 퀄리티를 올리고 싶어 고민하던 중이었다. 내가 시작한 일에 있어서 자부심을 가지고, 과분한 구독자 수에 맞게 시청자들께 보답하려면 더 열심히 하는 방법밖에 없다.

'유튜브 썸네일 이미지를 어떻게 하지……' 하고 있는데 친구가 찾아왔다. 손에는 꽃과 작은 케이크를 들고 있었다.

"응? 무슨 날이야? 왜 왔어?"

"너 10만 달성해서 실버버튼 축하하려고!"

나는 이게 축하할 일이 맞나 잠깐 고민이 되었다. 오픈한 지 얼마 되지 않은 이 짧은 기간에 실버버튼을 받았다고 생각하니 축하하고 감사할 일이 맞았다.

"얼른 불어!"

초를 후- 하고 불어서 끄니 몽글함이 살아났다. 나는 이런 걸 아예 못 챙기는 사람이라, 전혀 예상하지 못해서인지 더 놀랍고 고마웠다.

마음은 다르지 않겠지만 표현이 이렇게 다르다. 내가 아버지를 너무나 닮아서 주변 사람들에게 애정 표현을 하더라도 몽글하게는 하지 못한다. 편지를 쓰는 대신 그냥 '밥 사줄게' 한 마디로 고마움을 표현한다.

최대한의 애정 표현은 "최고야" 또는 "내가 요리는 못하지만 조리는 할 수 있어!"쯤이 될 거다. 이 말에는 '내가 애정 표현을 못 하고 요리도 잘 못하지만 내가 너를 위해서 이 바쁜 일정을 다 빼고 시간을 비워서 음식을 하겠다!'는 심오한 의미가 담겨 있다. 무뚝뚝한 나지만 내 행동에서 애정을 알아채고 마음을 들여다봐주는 이들에게 새삼 고맙다.

도시 생활이 중요한 이유를 내 감정, 내 마음에서 찾는다면 내 삶에서 섬세한 사람들이 필요한 이유 역시 내가 이들을 통해 살아있다는 걸 느끼고 몽글함을 얻을 수 있는 비타민이 되어주기 때문이다.

　　이제 30대 초반이 되니, 대부분의 친구가 새로운 친구들보다는 오래된 친구들이다. 고등학교 친구들, 대학교 때 친구들, 공통 관심사로 20대 초반부터 함께했던 친구들 등. 어렸을 때는 작은 것으로도 많이 다투고 했던 것 같은데, 이제 오래된 친구들과도 새로운 사람을 만날 때에도 다툴 일이 없다. 서로의 다름을 인정하고, 서로의 애정 표현을 알아차리게 된 것이 아닐까? 그중 나를 긍정적인 방향으로 이끌어주는 사람이 대부분이다. 그런 주변인을 둔 것에 대해 진심으로 감사하며 나 또한 그런 사람들에게 보답할 수 있도록 내 마음을 잘 들여다보며 나아가고 싶다.

저의 플레이리스트를
소개합니다

내 차 조수석에 탄 친구들은 갑자기 자동으로 나오는 힙합 리듬에 깜짝 놀란다.

"너 힙합 좋아해?"

드럼을 한창 칠 때는 록을 좋아했는데, 이상하게 드럼을 그만두고 나서는 록을 잘 듣지 않게 되었다. 내 안식처, 차를 운전하며 주로 듣는 음악은 힙합과 뉴에이지다. 잔잔한 힙합부터 반도의 선정적 가사가 가미된 힙합까지, 그날그날 기분에 따라 듣는다. 멜로디를 따라 부르는 싱잉 랩이 힙합이 아니라는 사람도 있다. 하지만 음악뿐만 아니라 미술, 예술계 전반에서 장르의 경계는 점점 허물어지고 있다. 부드러운 랩도, 강렬한 랩도 듣는 사람들에게 임팩트를 주고 메시지를 줄 수 있으면 그 또한 힙합의 발전에 도움이 되지 않을까 싶다.

노래에 메시지를 담아 자유롭게, 하고 싶은 말을 리듬에 맞춰 드러내는 힙합이 좋다. 때로는 내 마음을, 때로는 시대상을 대변해주는 음악에는 울림이 있다. 그것이야말로 음악만이 가진 힘이 아닐까.

내가 아주 어렸을 때 스쳐 들었던 힙합은 어쩐지 길거리의 갱스터들이 욕하는 것처럼 느껴져 나와 감수성이 맞지 않았다. 하지만 2000년대부터 에미넴, 제이지를 필두로 팝 가수를 피쳐링으로 둔다거나 가수들이 협업하기 시작하면서 힙합이 국내에서도 대중적으로 큰 사랑을 받기 시작했다. 나 또한 그 무렵부터 힙합을 듣기 시작한 것 같다. 여전히 길거리의 거칠고 맹렬한 가사들을 듣다 보면 나 스스로는 내뱉을 수 없는 말을 대신 해주는 것 같아 은근히 통쾌하다.

그래서 장거리 운전을 할 때나 일하러 갈 때처럼 정신을 바짝 차려야 하는 순간, 혹은 아드레날린이 필요한 순간이 오면 나는 힙합을 듣는다. 뉴에이지의 경우, 가사는 없지만 선율 자체에서 느껴지는 감정이 있다. 덤덤하면서도 때론 리듬감 있는 음악에서 감동을 느낀다.

사실 공부를 오래 해왔기 때문에 내가 평생 주로 들은 음악은 공부하는 데에 방해되지 않는 음악이었다. 다른 일을 하고 있어도 집중할 수 있게, 분위기를 해치지 않으면서도 마음을 편안하게 해주는 힘이 있기 때문에 집에서 배경음악으로 틀어놓기에 제격이다. 지금도 일을 하거나 쉴 때면 뉴에이지를 틀어놓는 편이다.

시기마다, 상황마다 다른 배경음악이 함께했다. 앞으로 내 삶을 수놓아줄 음악은 어떤 것일까? 내가 주체가 되어 당당하게 만들고 이끌어가는 이 삶에, 보다 아름다운 음악이 함께했으면 좋겠다.

새로운 도전,
내 길을 찾아서

정확히 언제부터 의사가 되고 싶었는지 기억이 나지는 않는다. 내가 기억하는 한 초등학교 때부터 장래 희망이 의사였고, 부모님이 원하는 장래 희망은 늘 교수나 아나운서였다. 지금도 초등학교나 중학교 생활기록부를 펼쳐보면 그렇게 적혀 있는 것을 보고 추억에 젖곤 한다.

버클리에서 유치원생일 때, 나에게는 '베스트 프렌드'가 있었다. 그 친구는 한쪽 손이 없어서 후크를 달고 다녔다. 어머니는 나를 걱정하는 마음에 내가 그 친구와 매일 가까이 지내니 혹여나 실수로라도 고리에 다칠까 걱정하셨다.

"걔는 저를 절대 다치게 하지 않아요."

어린 나의 대답은 이랬다고 한다. 내 베프라며 떨어지지 않고 같이 다니고, 후크는 여러 가지 도구로 바꿔서 끼울 수 있는 거여서 신기하다며 어머니한테 조잘댔다는 것이다. 그 친구는 유대인으로, '탈(Tal)'이라고 불렸다. 한 번은 탈이 장애아를 위한 포스터 모델이 되었다면서 매우 자랑스러워했다.

어머니는 훗날 당시의 일을 회상하시며 나에게 털어놓으셨다. "민아, 딸을 선입견 없이 키우겠다고 마음먹었으면서도 난 그러지 못했던 것 같다. 도리어 네게 많이 배웠어."

나중에 들은 이야기지만, 나는 그때 "나중에 커서 이 친구를 고쳐줄 거야"라고 했단다. 내가 기억하지 못하는 때부터 나는 아픈 사람을 고쳐주고 싶었던 모양이다. 훗날에야 친구의 손은 고칠 수 있는 게 아니란 걸 깨달았지만, 아마 이때부터 나는 의사의 꿈을 키웠나보다.

"화장품 뭐 써요? 브러시 추천도 해주세요!"

종종 화장과 관련된 질문을 받는다. 하지만 내가 가진 화장품이라곤 다섯 가지가 전부다. 쿠션팩트, 아이브로우 펜슬, 아이섀도 팔레트, 아이라이너, 틴트. 메이크업 브러시도 한 개뿐이다. 그마저도 파우치에 넣어 다니기만 하지 쓰지 않는다. 사람들이 하도 붓 하나 없다고 뭐라 해서 사봤는데, 손가락으로 화장하는 게 제일 편해서 그냥 가지고만 다닌다. 아이섀도를 바를 때도 다 그냥 손가락으로 슥슥 바른다. 그래서 얼굴을 드러내고 사진이 찍히는 행사에 참석할 때는 전문가에게 헤어와 메이크업을 받을 때도 있다. 메이크업을 해주시는 분이 내게 "평소에 화장품 뭐 써요?" 하고 물어보면 내 파우치를 보여드린다. 그러면 전문가 선생님들은 항상 눈을 질끈 감고 고개를 절레절레 흔든다.

요즈음 내가 제일 관심 있는 것은 여행과 패션이다. 그리고 콘텐츠를 기획해서 영상을 찍고 감각적으로 사진 찍는 일이 재밌다. 인스타그램 릴스도 모두 내가 기획해서 찍는다. 기획하고 계획하고 구상하는 일이 재미있고 시각적으로도 즐겁다. 그래서인지 옷을 스타일링하고 착장하는 것도 제법 흥미롭다. 원래도 명품을 좋아하진 않아서, 유명 브랜드가 아닌데 옷을 예쁘게 조합해서 나갔을 때 친구들이 "예쁘다, 이거 브랜드 어디 거야?"라고 물어보면 그게 그렇게 뿌듯할 수가 없다.

어릴 때부터 시각적인 활동을 좋아했다. 그림 그리는 것도 좋고 호기심을 불러일으키는 이미지들을 보는 게 흥미로웠다. 미술 시간도 과학 시간만큼이나 즐거웠다. 부모님은 학원을 잘 보내지 않으셨지만 내가 미술을 좋아하니 미술 학원은 보내주시곤 했다. 자연스럽게 대학교 조경 수업 때도 성적이 잘 나왔다.

대학교에 입학해서 이후로도 쭉 이공계식 사고만 하고 살고, 병원에서는 근무복만 입다가 크리에이터의 삶을 시작해보니 새롭고 신기했다. 인스타그램 피드를 예쁘게 꾸미고, 게시물의 색감을 골라서 꾸미는 게 적성에 잘 맞을 줄은 꿈에도 몰랐다.

"민아, 너 인스타 오픈했다고 뉴스에 도배가 됐네. 어떻게 대응하지?"

처음 인스타그램 문을 열었을 때, 나도 처음이니 모든 게 완벽할 수는 없었다. 여러 가지로 기사도 나고 내가 의도하지 않은 방향으로 해석되는 경우도 많았다. 오히려 나는 담담했는데 아버지가 더 걱정이었다.

"아빠, 대응할 게 뭐가 있어요. 인스타 팔로워 늘고 좋겠네요."

전화기를 들고 아버지의 황당해하는 얼굴이 눈에 들어왔다. 같은 상황을 두고 아버지와 나는 종종 정말 다르게 생각한다.

"민아, 안 되겠다. 너 내 모자 써야겠다."

아버지와 같이 집 앞에 밥을 먹으러 가려는데 갑자기 나를 보곤 말씀하셨다. 본인이 쓴 모자를 벗어서 내 얼굴을 가릴 정도로 푹 눌러 씌워주셨다.

"갑자기 무슨 모자를 써요."

"사람들이 너 알아보고 이상한 행동하면 어쩌냐."

"뭐 어때요."

내가 인스타그램을 막 시작했을 때, 사진 한 장 남짓 올렸을 무렵이었다. 듬직했던 아버지의 망설이는 모습을 보면서 순간, '아버지가 위축되어 있구나' 하는 생각에 마음이 짠해졌다. 아버지가 밥 먹으러 나가지 말자고, 안 나가려 하시면 나는 말했다.

"아빠. 이런 때일수록 더 나가야 해요. 사람이 좀 나가서 움직여야 우울증도 안 걸리지. 얼마나 좋아요. 어차피 아빠한테 말 거는 사람들은 있잖아, 아빠를 응원하는 사람이에요. 아빠를 싫어하는 사람들은 정작 아빠 만나면 말 안 걸거든."

아버지의 머릿속에서는 나올 수 없는 긍정 파워다. 그런데 정말이다. 나의 이런 점이 아버지에게는 힐링 요소가 되는 것 같다.

"민아, 1화 올라왔더라?"

"기사 봤어? 너 실버버튼 임박이래."

고성에서 서울로 장거리 운전을 하고 있던 상황에 아버지로부터 연락이 왔다. 업로드 예약을 걸어놓고 나와서 나는 못 봤는데, 아버지에게서 먼저 연락이 온 것이다. 아버지가 내 SNS를 보고 치유되시는 걸 나도 느낀다. 어머니도 신기해하신다. 다음 화는 언제 나오냐며 편집에 대한 제안도 해주신다.

분명 부모님은 내가 SNS를 오픈한다고 했을 때 말리지는 못해도 걱정이 태산이었을 것이다. 그런데 지금은 어려운 상황에서도 본인이 할 수 있는 일 하면서 똑 부러지게 살아나간다며 잘한다고 하신다. 부모 걱정을 덜어주는 '진정한 효녀' 소리를 듣는다. 처음에 염려하셨던 부분도 이해가 간다. 부모님 입장에서 걱정되셨을 만도 하다. 그러나 이제 부모님이 걱정을 조금이나마 덜어내셨다면 나도 한시름 놓을 수 있다.

　내가 세상으로부터 숨어서 살 때, 진짜 내 삶을 살 수 없었다. 그러다 오히려 당당하게 세상에 나서기로 결정하니 우리 집에도 나에게도 공기가 통하기 시작했다. 회복의 과정이 시작된 거다. 나는 단순히 인스타그램에서 유명 인사가 되고 유튜버로 성공하고 사회적으로 관심받는 게 중요한 것이 아니다. 내가 비난받든 뭘 하든 세상에 당당하게 나설 때 비로소 우리 가족에게 다시금 숨 쉴 틈이 생긴다는 것, 그리고 나 자신도 누군가의 딸이 아닌 한 사람의 성인 그 자체로서 진정한 자아실현이 가능하다는 점이 가장 중요하다.

　부모님은 정말 선하고 좋은 분들이다. 반면 나는 '못된' 면이 많다. 부모님에 비하면 나는 많은 것을 누리고 살아왔기 때문인지, 아니면 내가 아직 부모가 되어보지 못해서 그런지, 나는 나 위주로 생각을 많이 한다. 하지만 내가 부모님에게 도움이 되는 한 가지가 있다면 생각을 정말 단순하게 한다는 것이고 모든 문제를 아주 간단하게 정리해버리는 것이다. 이처럼 같은 상황을 완전히 다른 관점으로 보는 것은 순전히 내 몫이자 나만의 특장점이다.

　그리고 나는 긍정의 힘을 믿는다. 아니, 무작정 긍정적이다. 혹은 낭만적이라고도 할 수 있다. 어떠한 상황에서도 내가 노력하면 '긍정의 미래'가 기다리고 있다고 확신한다. 이 마인드가, 내게 무슨 일이 닥쳐도 꿋꿋이 내 소신대로 이겨낼 수 있는 원천이었지 싶다.

"저, 아버님 팬인데요. 혹시 아버님 책에 아쉽지만, 따님 사인이라도……."

카페에서 실컷 다 먹고 친구들과 온갖 이야기를 다 하고 난 다음이었다. 계산하고 나가려는데 카페 사장님이 연예인한테도 말을 안 꺼낸다면서 내게 내민 것은 아버지 책이었다. 내가 아버지를 대신할 수는 없지만, 아버지 팬이라며 부탁하시는데 어떻게 안 해 드릴 수가 있겠는가.

"그런데 제가 사인이 없어서 처방전에 쓰던 허접한 서명밖에 없어요. 그냥 갈기는 사인인데 괜찮으세요?"

괜찮다는 말에 벙벙하니 이름만 넣을 수 없어, 아버지를 지켜본 지도 서당 개 삼 년이라 '아버지가 책에다 뭐라고 쓰셨더라' 하고 떠올린 것이 '건강과 행복을 빕니다'였다. '아버지 대신 조민이'에 하트까지 덧붙이며. 아버지는 항상 '~를 빕니다' 하는 말을 꼭 쓰신다. 그렇게 자신의 책을 읽는 분들에게 마음을 전하신다. 아버지와 별개로 생각해도 내 바람 역시 크게 다르지 않다. 나와 함께 이 글을 읽는 분들도 매일 매일 조금씩 나아가기를, 육십이든 칠십이든 나이와 관계 없이 자신의 길을 끊임없이 찾아가기를 바란다.

이상하게 들릴지도 모르겠지만, 누군가 내게 지금 장

래 희망이 뭐냐고 물어본다면, 어릴 때와는 사뭇 다르다. 지금 내 직업도 불분명한 부분이 있다. 그래도 현재 '직업'을 말해야 한다면 가장 가까운 것은 유튜브 크리에이터가 아닐까?

하지만 커피와 홍차를 정말 좋아해서 자그마한 카페도 오픈하고 싶고, 고양이를 좋아하니 좋은 재료로 수제 츄르도 만들어보고 싶다. 어렸을 때부터 확고했던 꿈을 내려놓고 나니, 막막할 줄 알았는데 오히려 좁았던 시야가 트이며 이것저것 해보고 싶은 게 많아졌다.

5년 후, 나는 어떤 일을 하고 있을까? 10년 후에는? 나는 너무도 기대된다.

SNS 활동도, 동요 녹음도, 프로필 사진 촬영도, 이렇게 책을 내는 일도 모두 처음 해보는 일들이다. 망설인 적도 있지만 이제는 이런 새로운 작업 자체에 도전할 기회를 만들어나갈 수 있다는 것에 감사하고 기쁘다.

꼬아서 숨기고, 포장하는 것보다는 나를 있는 그대로 드러내는 것이 보다 진실되지 않을까? 세상에 나와도 괜찮다. 나와보니까 알겠다. 세상 밖으로 나와서 보아야 이 세상을 제대로 이해할 수 있게 된다. 지금도 천천히 서툴지만 한 걸음씩 내디디면서, 이 세상을 이해하고, 그 속에서 나의 의미를 찾으며 살아가려고 노력하고 있다. 시시콜콜, 복작복작하게 새로이 도전하며 내 안의 꽃이 움틀 날을 기다린다.

여행과 삶,
사람

나는 여행 다니는 것을 정말 좋아한다. 원래도 다양한 사람을 만나고 대화하고 알아가는 것을 좋아하는데, 여행을 가면 그런 것들이 더 극대화되기 때문이다. 낯선 환경, 새로운 사람, 내가 알지 못했던 이들의 삶을 알아가는 것은 늘 흥미롭다.

여행으로 여러 번 다녔던 곳은 태국이다. 동남아에 여러 나라가 있고 안 가본 곳도 정말 많지만, 태국에는 여러 번 다녀왔다. 어쩐지 갈 때마다 좋다. 휴가 가라고 하면 자꾸 "이번엔 다른데 가 봐" 하는데도 태국에 또 가게 된다. 태국은 막후에서 군부가 권력을 행사하는 나라이고, 왕을 비판하면 바로 잡혀가는 나라임을 잘 알고 있다. 이 글은 이런 측면에 대한 이야기를 하려는 것이 아니다. 나는 관광객으로 태국을 방문할 때마다 편안함을 느낀다.

왜 그럴까? 생각해보니 일단 음식이 정말 맛있다. 모든 음식이 다 맛있고 비위생적인 느낌도 들지 않고 치안 면에서 보아도 위험하다고 느껴본 적이 없다. 사람들도 친절하고 영어를 어느 정도 해서인지 소통도 잘 되고, 물가도 저렴하고. 게다가 볼 데도 많고 자연경관도 아름답다. 그래서인지 계속 가게 된다.

사람들에 대한 편견도 없고, 관광객에게도 친절하다. 사람이 좋은 나라라고 해야 할까?

서울이 아닌 곳에서 느끼는 복작복작함이 좋다. 방콕 길거리에서 들려오는 사람들의 소리, 날씨, 요리하는 소리. 한적하면서도 인적이 드물지 않은 따스함을 즐긴다. 카페야 한국에서도 갈 수 있는데 여행지에서 가는 카페는 왜 색다른 느낌을 주는 걸까? 사실 한국을 벗어나면 숨만 쉬어도 좋다.

치앙마이에서는 툭툭이를 타고 돌아다니며 바다에 들어갔다 나와서 누워 있고, 다시 또 바다에 들어가고 햇볕도 쬐었다 멍때리기도 하고. 이따금의 휴식이 선물 같다.

태국 사람들에게서는 여유가 느껴진다. 한국 사람들이 성격이 급하다는 표현이 맞을 수도 있지만 확실히 태국 사람들은 여유롭다. 또, 행복해 보인다. 이 마인드는 전염성이 있는지, 처음에는 "왜 이렇게 느린 거야" 하며 불평하던 나도 점차 느긋하게 웃으면서 기다린다. 서울에서와 정반대의 나, 사뭇 마음에 든다. 물론 성격이 급해서 평생 그렇게는 못 살 테지만 4~5일 현실에서 벗어나 느긋하게 사는 것은 내겐 큰 의미가 있다.

한 번은 친구와 태국 여행을 갔다. 내가 태국 사람들은 정말 여유로워서 좋겠다고 했더니, 친구가 이런 얘기를 들려줬다.

"동남아처럼 따뜻한 열대지방 사람들은 열매만 따 먹어도 될 정도로 식량이 충분하니 예전부터 여유로웠어. 추운 지방 사람들은 겨울에 먹을 것을 비축해 둬야 하니까 성격이 점점 더 급해지고 계획적으로 살게 된 거지."

어디에 가는지도 중요하지만, 함께하는 사람과 잘 맞아야 하는 것도 여행의 중요한 포인트다. 물론 이 점은 여행뿐만 아니라 삶에서도 마찬가지일 거다. 예민하고 지금보다 모났던 내가 요즘엔 많이 둥글둥글해졌다. 무언가 서로 맞지 않을 때, 예전 같으면 서로 날을 세웠던 일도 이제는 "그렇구나" 하면서 서로 맞출 수 있는 방법을 먼저 찾아본다. 결을 맞춰가면서 여행하고 삶을 함께할 수 있는 이들이 곁에 있어 감사하다. 내 삶도 이렇게 좋아하는 것, 좋아하는 사람들과 둥글게 모여앉아 웃음으로 채워가고 싶다.

엄마 안의 엄마와 나

"나 엄마랑 오늘 데이트하려고! 목욕탕 갔다가 엄마가 해준 저녁 먹을 거야."

주변 친구들을 보면 어머니와 딸의 관계가 마치 절친 같다. 목욕탕도 같이 가고 영화도 보고.

나에게 어머니는 뭐랄까, 그런 느낌이라기보다는 인생의 선배 같다. 어머니처럼 살고 싶은 부분도 있고, 어머니를 통해 그렇게 살고 싶지 않은 부분을 배운다. 어머니는 가정주부가 아니라 워킹맘이었다. 나도 그런 워킹맘이 되고 싶었다. 독립적이고, 자기주장이 확실하고, 아버지와 나란히 우뚝 서 있는 듯한 존재. 똑 부러지고 아버지보다 똑똑할 때가 많고, 긍정적이고 활기찬 그런 존재.

어렸을 때 내가 느낀 어머니는 '예민한 사람'이었다. 왜 저렇게 예민하지? 모든 것을 의심하고, 항상 내가 눈치를 봐야 하는 그런 분이었다. 지금 생각해보면 직장, 육아, 공부 모든 걸 병행해야 하는 치열한 삶 속에서 예민해질 대로 예민해진 게 아닐까 싶다.

어머니는 우리에게 집밥을 자주 해줄 수 있는 분은 아니셨다. 하지만 친구들이 "집밥 없어서 불쌍하다" 또는 "집밥이 없어서 밥은 어떻게 먹어?"라고 안타까워해도 나는 한 번도 '집밥'을 먹지 못한다는 것을 아쉬워한 적이 없다. 여자가 밥을 하지 않아도 된다는 아버지와 항상 일로 바빴던 어머니의 콜라보는 '언제든 외식할 수 있다'는 뜻이기 때문이었다. 사실 요리를 잘 못하는 어머니 아버지가 만든 음식보다는 바깥에서 사 먹는 음식이 백번 맛있다. 학교 다닐 때도 친구들은 급식이 맛없다고 했지만 내겐 너무나 맛있었다. 밖에서 다양한 음식을 먹을 수 있다는 것, 그 자체만으로도 나는 행복했다.

어머니는 가끔 어린아이 같을 때가 있다. 나는 그게 참 좋다. 어렸을 때는 안 그랬는데 요즘에는 상당히 수용적이다. 선입견 없이 내 이야기를 들어주시니 감사하다.

어쩌면 어머니는 원래 그런 사람이었는데 공부와 각종 연구, 가족 일까지 지원하다 보니 그런 모습들이 자연스레 감춰졌는지도 모른다.

시간이 지나서 알고 보니 '엄마'는 '엄마'였다. 엄마 안에서 엄마의 '엄마'가 나왔다. 엄마 본연의 모습이. 어린아이 같고 긍정적이며 수용적이고 선입견 없는, 애교 많고 장난기도 많은, 사랑 가득한 엄마.

엄마는 화장도 잘 하지 않고 립스틱 한 개만 바르고 다니셨다. 전형적인 '공부벌레'이셨기 때문에 화장에 큰 관심이 없었다. 그런 엄마에게서 '별종' 같은 내가 태어났다. 어느 날은 엄마에게 화장을 해준 적이 있다. 영혼을 갈아넣은 '풀 메이크업'이었다. 엄마는 정말 어린아이처럼 기뻐했다. 그날 찍은 사진을 프로필 사진으로 오래 해놓으셨다. 이후로 중요한 일이 있을 땐 꼭 내게 메이크업을 부탁하신다.

보통 살면서 부모가 자녀에게 외모에 대한 이야기를 한마디쯤은 할 수 있을 거다. 뾰루지 났네? 피부과 가서 뭐 해야겠다. 살 좀 빼야겠다.

그런데 우리 부모님은 단 한 번도 그런 말을 한 적이 없다. 고등학교 때 정말 살이 많이 쪘었는데, 그때 내가 외모에 신경을 쓰려고 하면, "예쁘니까 괜찮아, 신경 쓰지 마" "그게 중요한 게 아니야" 하면서 외모 평가를 한 번도 하지 않으셨다. 그때는 화장도 잘 못 하고 옷도 못 입고 그랬는데 당시의 나는 스스로가 예쁘다고 생각하고 그냥 산 거다. 지금 생각해보면 흑역사라 청소년기 사진을 다 지워버리고 싶다. 당시의 내 모습은 잊고 살고 있었는데, 아버지 일로 과거 사진들이 마구 털리면서 당시 뚱뚱했던 사진이 대중에 공개되었다. 마이너스 8에 육박하는 안경을 끼면 눈이 작아 보이고, 몸무게는 지금과 10kg 차이가 나니, 사람들이 다들 내게 성형했다며 악플 다는 것을 보면 기분이 당연히 나쁘다. 실제로 성형했으면 억울하지라도 않지! 그런데 또 성격이 단순하다 보니 3초 뒤면 '그래, 앞으로는 살찌면 안 되겠다'고 다짐한다.

　　부모님은 객관적인 눈으로 나를 본 적이 아예 없으시다. 자식을 '판단'하지 않으신 거다. 어찌 보면 그것도 어느 정도 필요하긴 한데, 평생에 걸쳐 나를 판단하지 않는 부모님의 태도가 나의 자존감을 단단하게 만들었다. 사람들은 내가 아버지를 많이 닮았다고 하고 그것에 동의하지만, 나는 어머니도 정말 정말 많이 닮았다. 해맑고 애교 많고 매사에 긍정적인 그런 것들. 그런 점들은 아버지에게선 사실 찾아볼 수 없는 부분들이다.

　　이러한 부모님의 교육 방식과 배려가 어렸을 때는 당연한 것인 줄 알았는데, 이제는 당연하지 않음을 안다. 부모님은 부모님이기 이전에 한 사람인 것을 전에는 몰랐다. 그럼에도 부모님은 부모로서의 역할을 하면서도 '자신'을 놓지 않으셨다. 하고 싶은 공부가 있으면 조금 돌아가더라도 끝까지 해내시고, 상황이 어려우면 서로를 배려하며 새로운 길을 모색해보셨다.

　　어머니는 내게는 정말 멋진 인생 선배이자 '우리 엄

마'다. 요즈음 건강이 좋지 않은 어머니를 보면서, 어머니가
이제 조금은 자식들에게 기대기도 하고 내 손을 잡기도 하
면서 무거운 짐을 나누어주기를, 그리고 그럴 만한 든든한
딸이 될 수 있기를 바라며 나도 내 길을 다져보려 한다.

인생도 영화 같을 때가
있다

"슬픔이 파도처럼 밀려오는 사람이 있고 물에 잉크가
퍼지듯이 서서히 물드는 사람도 있는 거야."

〈헤어질 결심〉(2022)이라는 영화에 나오는 대사다.
근래 봤던 영화 중 가장 재밌게 봤던 영화로 장르를 도무지
하나로 규정할 수 없는 복합장르의 영화다. 범죄 스릴러와
로맨스, 미스터리와 드라마 사이를 넘나드는 영화였다. 나
는 감정 기복이 적은 편이라 슬픈 일이 있어도 밀려드는 감
정에 빠져 펑펑 운 적이 없다. 그래서 친구들이 로봇 같다고
들 한다. 나는 이상하게도 어떤 일이 닥치면 한참 뒤에야 그
슬픔을 제대로 느끼는 편이다. 시간을 두고 묵은 슬픔이 분
해되어 한 조각씩 내게 다가온다고나 할까? 친구를 잃었을
때도, 발인할 때까지 한 번도 눈물을 보이지 않았는데, 일상
의 삶을 살다가 가끔 눈물을 훔친다.

그 애가 옆에 있는 것처럼 느끼는 경우도 많다. 아무래도 슬픔이라는 감정은 아주 천천히, 그리고 조금씩 나를 덮쳐오는 것 같다. 슬픔이 마치 할부처럼 찾아올 때면, 다른 사람들은 이미 'move-on'한 뒤다. 그래서 위 대사를 처음 들었을 때 충격을 받았을 만큼 공감했다.

나는 현실적인 사람이지만 좋아하는 영화 장르는 다소 이중적이다. 극한의 현실을 기반으로 하면서도 드라마틱한 요소가 많은 범죄 스릴러 장르, 그리고 초현실적인 세팅을 기반으로 한 SF를 좋아한다.

영화 〈신세계〉(2013)는 박성웅 배우를 좋아하기도 하고, 연기며 연출, 스토리가 모두 탄탄해서 몇 번이나 보았다. SF 작품으로는 〈해리 포터〉〈반지의 제왕〉〈왕좌의 게임〉 같은 작품을 즐겨 봤다. 〈반지의 제왕〉과 〈해리 포터〉는 책으로도 정말 열심히 봤다. 초현실적인 세팅을 기반으로 한 작품들을 보며 상상하는 일은 즐겁다.

현실의 선악과 초현실의 선악. 선은 무엇이고 악은 무엇일까?

나는 절대악(絶對惡)이나 절대선(絶對善)이라는 것은 존재하지 않는다고 믿는다. 모든 사람에게는 저마다 행동하는 이유가 있게 마련이며, 누구나 양육 과정 또는 성장 과정에서 본인의 정체성과 가치관을 확립하게 되는 거라고 생각한다. 〈해리 포터〉에서 볼드모트에게도 사정이 있듯 선한 의도로 한 행동이 악이 될 수도 있고 악한 행동이 선하게 비칠 수도 있다. 선과 악의 기준은 또 시대에 따라서도 달라지는 것 같다. 현대인의 관점에서는 알렉산더 대왕처럼 영토를 넓혀갔던 왕들이 악일 수 있지만, 당시에는 영웅으로 추대받지 않았던가. 하지만 요즘은 대중의 공감대를 얻으면 선, 얻지 못하면 악으로 규정되는 단순한 이분법적 논리가 더 힘을 얻는 모양이다. 반대로 '선의의 활동'처럼 보이는 봉사활동을 많이 한다고 해서 꼭 선하다고 말할 수는 없을 것이다. 사익을 추구하기 위해 봉사하는 사람들도 많으니까 말이다.

그럼에도 우리는 이 사회의 일원으로서 다른 이에게 피해주지 않으며, 선한 마음을 가지려고 노력해야 한다. 사회가 점점 파편화되면서 연대보다는 각자도생, 공동체보다는 개인이 중시되고 있지만, 사람을 살리고 사회를 존속시키는 것은 결국 개개인의 따뜻한 마음과 남을 위해 내 것 일부를 내어놓는 정신이 아닐까?

물론 나도 기분이 울적하거나 힐링이 필요할 때는 다른 장르의 영화를 보기도 한다. 특히 애니메이션을 즐긴다. 중학교 때 만화방 다니던 '짬밥(!)'이 어디 가질 않아서, 일본과 한국 애니메이션을 가리지 않고 제목을 대면 어지간해서는 다 아는 '애니 덕후'다. 그래도 하나를 꼽으라면 스튜디

오 지브리(STUDIO GHIBLI)의 애니메이션을 제일 좋아한다. 지브리 애니메이션은 전부 다 봤다고 해도 무방하다. 지브리 애니메이션의 특징은 보고 있으면 내 안의 순수성을 끌어내어 마치 정화가 되는 듯한 기분이 든다는 것이다.

하지만 뭐니 뭐니 해도 나의 최애 장르는 범죄 스릴러다. '이게 복선일까?' '저게 어떤 단서가 될까?' '어떻게 헤쳐 나가지?' 하면서 사건과 과정에 몰입할 수 있는 범죄 스릴러 말이다. 범인이 남긴 단서를 분석하여 용의자를 추적해나가는 과정이 너무나 흥미롭다. 〈명탐정 코난〉이나 〈셜록 홈스〉를 보는 것과 비슷한 느낌이랄까? 내가 할 수 없는 것을 성취해나가는 장면과 액션들을 볼 때면 뿌듯하다. 현실에서 그렇게 몸을 잘 쓰기란 쉽지 않은데 범인과의 격투 장면이나 범인을 잡았을 때의 쾌감을 보면 내가 할 수 없는 것들이지만 성취감을 느낀다.

악역들의 서사도 때론 공감이 갈 때가 있다. 그들을 악으로 만든 것은 누구이며 어떤 인생을 거쳐 저런 캐릭터가 되었을까. 나는 저렇게 행동하지 않지만, 본인 내면의 분노를 표출하는 인생을 보면서 범인 캐릭터에 매료될 때도 있다. 대리 만족도 하면서 도리어 마음이 편안해질 때도 있고 카타르시스를 느낀다.

우리의 인생도 한 편의 영화가 아닐까. 각자 주인공이 되어 때론 롱테이크로 때론 핸드헬드로 삶의 장면 장면을 담아내는 아주 긴 장편 영화 말이다.

공평한 세상에서

"나 여기 벌레 물렸어."

"약 타러 왔어."

내가 의료봉사를 주로 다녔던 곳은 강원도 고성에 있는 작은 마을이다. 의사가 없는 동네다 보니 이런저런 이유로 어르신들이 많이 찾아오신다. 처방도 하고, 혈압도 체크하고, 건강 상태를 살피고, 약을 발라 드린다. 시골 어르신 중에는 나를 알아보는 사람이 아무도 없다. 어떤 할머니는 나를 쓰다듬으며 "아이구, 아기 같네. 아기가 여기에 왜 왔어" 하신다. 그러면 나는 "어르신, 저도 처방 낼 줄 알아요" 하고 대답한다.

주민 대부분은 농사를 짓는다. 다들 일찍 일어나셔서인지 내가 10시에 가겠다고 하면 9시부터 와서 기다리신다. 9시에 간다고 하면 8시부터. 내가 파악한 할머니 할아버지들은 항상 약속 시간보다 1시간 일찍 오시기 때문에 약속 시간이 크게 의미가 없다. 언제 가든 일찍 와서 기다리시기 때문에, 기다리고 있는 어르신들을 보면 때론 귀여운 마음도 든다.

의사면허가 취소되기 전에 의료봉사를 한창 다니던 시기가 있었다. 당시 의료행위로 돈을 벌거나 어떤 상업적 행위를 하는 것 그 자체가 문제시될 것 같았다. 그래서 내가 할 수 있는 최선은 내 의료지식과 내가 할 수 있는 범위 내에서 손길이 필요한 곳을 찾아가는 거였다. 의료봉사를 할 때면 보람이 느껴지고 내 존재 자체로 기뻐하시는 모습에 '내가 이래서 의사를 하려고 했었지' 하며 초심을 되찾곤 했다. 이제는 자격을 내려놓아 그마저도 할 수 없다.

대학교 때, 고려대학교 국제 의료센터에서 첫 의료봉사활동을 했다. 당시 고려대병원 응급실 앞 원룸에 살았는데, 국제진료센터에서 일주일에 한 번씩 통역 봉사를 했다.

센터에는 다양한 사람이 왔다. 일명 VIP—각국의 부자들, 원어민 강사들, 외교관 가족 등—부터 한국 공장에서 일하는 외국인 노동자까지 직업도 천차만별이었다. VIP들은 대개 금전적인 문제보다도 한국말을 잘하지 못해서 오는 사람들이었기 때문에 자신의 통역사를 데리고 왔다. 그러니 봉사자의 도움이 굳이 필요하지 않았다.

원어민 강사들은 교육 수준이 높고 권리 의식이 강해서 본인에게 필요한 것을 잘 찾아내는 경향이 있다. 문제는 한국에 거주하는 외국인 노동자의 경우였다. 외국인 노동자들은 대부분 한국의 의료 정책을 잘 알지 못한다. 또 대개 교육 수준과 권리의식도 낮은 편이라, 가만히 있다가는 피해자가 되어버리기 일쑤였다. 어떤 혜택을 받을 수 있는지조차 모르는 경우가 많았다. 보험 안내 책자도 부족했고, 소통이 어려운 경우도 많았다. 보험료를 내야 하는지 몰라서 연체하는 경우도 있었고, 외국인 보험에 가입할 수 있는 자격인데도 그걸 몰라 비보험으로 큰 부담을 지며 진료 받는 경우도 있었다. 이런 분들에게 의료보험 가입 방법을 안내하고, 전문과로 가서 진료해야 할 때 안내하고 통역하는 게 나의 역할이었다.

대학병원에 가본 사람이라면 알 것이다. 예약해도 기본 30분, 길게는 몇 시간씩 대기한다. 그러니 그동안은 내 통역이 필요한 환자분과 수다를 떠는 거다. 겉모습만 다를 뿐 인생 사는 이야기는 다 비슷비슷하다. 다들 가족 이야기, 자식 이야기, 고향 이야기에 열심이었다. 듣고 있으면 가슴이 뭉클해졌다. 들어보면 보통 나보다 어리거나 동년배인데도 자식이 한 명 이상 있고, 한국에서 일해서 고향에 돈을 부치는 기러기 아버지들도 많았다. 사연은 정말 가지각색이었다. 툭하면 "너 나이 때 나는 결혼해서 애가 둘이었어!" 하는 꼰대(?) 어른들 생각도 났다.

예전에 봉직의로 일하게 되었을 때 퇴근 후 여유시간이 생겨 호기심에 부동산 공부를 잠시 한 적이 있다. 시흥에 살고 있을 때인데, 배곧신도시 옆에 시화공단이 있었다. 궁금한 마음에 부동산 매매 의사가 있는 척 전화해 다가구 주택에 살면 누가 많이 사는지 물어봤다. 그러자 "한국인 건물 찾으세요, 외국인 건물 찾으세요?"라는 질문을 받았다. 무슨 말인가 하니 한국인은 한국인끼리 외국인은 외국인끼리 많이 모여 산단다. 한국인들은 깔끔한 곳을 좋아하지만, 외국인들은 그저 허름해도 월세 저렴한 곳을 찾는단다. 반대로, 건물주들도 성향이 두 가지로 나뉘는데, 신축 건물에 세를 조금 올려서 한국인들만 받는 것을 선호하는 사람이 있는 반면, 구축 건물을 수리하지 않고 세를 낮춰서 외국인들만 받는 것을 선호하는 건물주도 있다고 했다. 그래서 "외국인 세입자들은 세를 잘 내나요?"라고 여쭤보았다. 부동산 아주머니는 날 엄청난 하수 취급하면서 "어머 사모님, 공단에 건물 처음 사세요? 외국인들이 세를 칼같이 내죠. 문제는 다 한국인이 일으켜요. 외국인들은 세 제때 안 내면 한국에서 쫓겨나는 줄 알거든요"라고 말했다.

나는 사모님도 아니고, 공단 건물을 살 것도 아니었지만 이런 이야기를 들으니 마음이 쓰였다. 또 월세 살다가 집이 고장 나면 고쳐주는 게 의무인데 그걸 몰라서 물이 줄줄 새는데도 그냥 쓰다가 집주인이 갔더니 물이 새고 있었다는 등 본인의 권리가 무엇인지 알지 못하는 경우가 많아 안타까웠다.

의사로 일하고 나서는 사람들이 나를 알아볼까 봐 의료봉사를 하기에도 굉장히 조심스러웠다. 누가 알아봐서 기사라도 나면 누군가 "봉사로 쇼한다"며 나를 조롱할 것이다. 그런 소리를 듣고 싶지도, 내 마음이 왜곡되는 것을 보고 싶지도 않았다. 그러다 오히려 코로나로 모두가 마스크를 착용하니 조용히 봉사활동을 하기에는 자유로웠다.

여러 봉사 중에서 기억에 남는 것은 쪽방촌 봉사였다. 그때까지만 해도 뉴스로만 접하던 '쪽방'을 태어나서 처음 보았다. 쪽방에는 정말 다양한 사람들이 살고 있었다. 사별 후 들어온 할머니, 사업에 실패해서 가족에게 버림받고 들어온 젊은 남자 등 사연도 다 달랐다.

거주하는 분들의 기본 건강을 체크하러 간 봉사활동에서, 다른 것들이 눈에 들어왔다. 부동산법상 주거 공간은 일정 면적 이상이 되어야 하는데, 정말 발 디딜 틈도 없는 작은 방. 어떤 곳은 천장이 낮아 허리를 거의 90도로 숙이고 들어가야 했다. 모두 불법건축물이다. 방 한 개에 가벽을 세워 여러 개로 나눴으리라. 당연히 화장실은 외부에 있는 공용 화장실을 사용해야 한다. 월세는 얼마일까? 여쭤보았다. 40만 원. 엄청난 액수였다. 내가 처음으로 원룸 구해서 살 때 월세가 40만 원이었는데, 이 작고 열악한 방이 40만 원이라고? 말도 안 돼.

보증금이 한 푼도 없다고 해도 받아주는 이 집에 대해 자세히 들어보기로 했다. 국가지원금이 35만 원 나오면 월세도 35만 원, 지원금이 40만 원으로 오르면 쪽방촌 월세도 귀신같이 40만 원으로 오른다고 했다. 이게 말이 되는가.

당시는 영하로 내려가는 겨울이었다. 여러 방을 돌았는데, 그나마 전기담요라도 깔고 계신 것을 보고 조금 안심이 되려는 찰나, 얼음장처럼 차가운 방에 들어가게 되었다.

"할머니, 왜 이렇게 추워요?"

"난방비가 너무 많이 나온다고, 전기담요랑 온풍기 쓰지 말래야."

본인이 쓰는 난방비는 본인이 낼 텐데 이게 무슨 말인가 했더니, 앞서 이야기했듯 쪽방촌은 집 하나를 여러 개로 쪼개서 쓰고 있지 않은가. 그래서 국가에서는 이 여러 집을 한 가구로 인식하여 난방비 영수증이 한 집으로 나온다고 한다. 그러면 그것을 주인이 받아서 N 분의 1을 해서 집마다 청구하는 거였다. 대략 각각 5만 원씩 내고 있다고 했다. 온풍기와 전기담요도 쓰지 못하면서.

난방비가 딱 떨어지게 나올 리가 없는데 주인이 정확히 매달 5만 원을 징수하는 것도 이상하지만, 여러 집을 같이 청구하니 한 명당 지불하는 난방료가 전기 누진세에 걸려서 내가 지금 내는 난방비보다 더 내는 것이 아닌가. 굉장히 황당했다. 뭔가 잘못된 게 확실한데, 내가 할 수 있는 일이 없었다. 지금 이렇게 글로 남기는 것밖에는.

의사가 되기 오래전부터 나는 안산 외국인 근로자센터에서 의료봉사활동을 하고, 소록도에도 찾아가는 등 이곳

저곳을 찾아다니며 삶의 외연을 확장했다. 누군가 나를 필요로 하는 곳에 갈 수 있다는 것 자체가 정말 감사했다.

우리나라에도 외화벌이에 의존하던 시절이 있었다. 우리의 증조 할아버지와 증조 할머니 세대가 그렇다. 멕시코, 아르헨티나, 하와이, 독일, 사우디아라비아 등 달러를 좇아 구석구석 흩어지지 않았던가. 그런데 요즘 우리는 어떤가. 제3국에서 온 노동자라고 해서 은근히 차별하고 있진 않은가? 흔히 말하는 3D 업종에 뛰어들어 밤낮으로 노동하는 고마운 이들에게 우리는 과연 어떤 이웃이었는지 한번쯤 돌아보면 좋겠다.

5장

다시, 결실을 위해 가는 여름

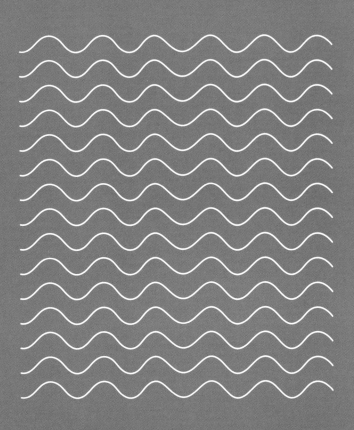

펜을 들었으면
서명은 해야지

늘 도전하는 걸 좋아했다. 새로운 경험, 어려운 일을 해냈을 때의 성취감은 이루 표현할 수 없다. 어머니는 고소공포증이 있다. 유리로 된 엘리베이터는 물론, 고층 건물에서 창밖을 내다보는 것도 무서워하실 정도다. 그래서 어렸을 때부터 내가 높은 곳에 올라가지 못하게 하고 조심시키셨다. 그래서인지 나도 '높은 곳' 하면 자연스럽게 '무섭고 두려운'이라는 감정이 먼저 튀어나온다. 그런데 살다 보니 왜 높은 곳을 무서워해야 하나 싶어졌다.

나의 고소공포증을 떨쳐줄 극단적인 무언가가 필요했다. 그래서 결심했다. 대학교 때 어머니, 동생과 함께 괌에 간 적이 있는데 독단적으로 스카이다이빙을 예약했다. 절대 뺄 수 없도록 결제도 다 해버렸다. 무서운 마음에 내 것만 예약하지 않고 동생 것까지 결제해버렸다(어렸을 때 동생 과자는 안 사줬는데, 이렇게나마 보답한다). 다이빙 장소 근처에 도착할 때까지도 동생에게 말을 하지 않았다. 죽어도 싫다는 동생을 기어이 끌고 간 거다. 스카이다이빙은 비행기를 타고 상공에 올라가서 뛰어내리고 적당한 시점에 낙하산을 펼쳐서 착지하는 익스트림 스포츠다. 비행기에 탑승하기전, 확인서를 하나 썼다. 떨어져 죽어도 스스로 책임을 져야하고, 기절하는 경우도 있고, 스카이다이빙 하다 다쳐도 여행자보험의 혜택을 받을 수 없으며, 낙하 중 낙하산이 안 펼쳐지면 당황하지 말고 동행자 지시에 잘 따라야 한다는 둥겁을 주는 온갖 내용이 빼곡하게 한 장 가득 채워져 있었다. 그걸 보니 갑자기 나도 하고 싶지 않아졌다. 하지만 '천하의 조민'이 펜을 들었으면 서명은 해야지. 그렇게 나는 동생을 끌고 비행기에 탔다.

어쩌다 보니 순서가 동생이 먼저였다. 동생은 거의 넋이 나가 있었다. 동생이 "못 하겠다" 하려는 순간, 인솔자는 동생을 밀어서 함께 떨어져버렸다. 분명 동생이 비행기 문에 걸터앉아 있었는데, 순식간에 사라진 것이다. 동생이 지른 비명도 정말 컸는데 순식간에 조용해졌다. 스피커를 재빠르게 끈 것처럼 말이다. 나의 공포심도 증대되었다. 그런데 어느새 내 차례가 되었다. 비행기 비상문이 있어야 할 것 같은 자리에 걸터앉았는데 바람 때문에 발이 하늘을 휘저으며 떨리는 것이 보였다. 그때 인솔자가 나를 밀었다.

심장이 몸을 탈출할 것만 같았다. 아니, 탈출하고 있었다. 정말 죽을 것 같았는데 정말 딱 20초 정도 지나자, 평안함이 찾아왔다. 내가 하늘에 떠 있었다. 형용할 수 없는 편안함이었다. 극강의 공포에서 찾아온 극강의 평화를 만나다니! 이후로도 나는 스카이다이빙을 여러 번 했다. 그러다가 외상성 허리 디스크 파열까지 와서 이제는 하지 않지만, 그날 이후로 나의 고소공포증은 깨끗하게 나았다. 동생도 마찬가지다.

생각도, 행동도, 도전도 여러모로 새로이 해보는 요즈음이다. 인생에서 새로운 시기를 보내고 있다. 의사로 일할 때 나는 굉장히 예민한 성격이었다. 감각적으로 섬세한 편이라 신경 쓰이는 부분도 많았고 아침에도 지키지 않으면 불안한 루틴이 있었다. 대부분의 의사가 그렇겠지만 예민해질 수밖에 없는, 예민해져야만 하는 부분들이 있다. 사람의 생명, 건강과 직결되는 어떤 '판단'을 내려야 하는 직업이기 때문이다. 제대로 확인했는지, 제대로 적혀 있는지, 도움이 될 논문은 없는지, 더 공부할 것은 없는지. 내 이름이 적힌 처방전, 주치의 이름, 그런 것들을 볼 때면 새삼 내가 결정하고 책임져야 하는 직업이라는 것을 깨닫곤 했다. 그래서 한동안 성격이 점점 강박적이고 꼼꼼하게 변해갔다.

그래서인지 의사 동기, 선후배들은 모두 하나씩 지병이 있다. 나는 편두통을 달고 산다. 편두통은 출근하지 않는 날 찾아오곤 했다. 워낙 긴장하며 살다가 주말이 되면 긴장이 확 풀려서다. 긴장이 풀리니 혈관이 확장되고, 머리로 피가 많이 몰려서 나타나는 증상이다. 심장이 두근거리고 머리가 지끈거리니 약을 항상 구비해 두었다.

병원 밖 세상을 잘 모르다 보니 아침부터 저녁까지 만나는 친구, 사람들은 모두 다 의사 간호사 응급구조사 등 의료인 직군이었고, 만나서 하는 얘기는 환자 얘기뿐이었다.

그런 나의 세상이 요즘 널리 확장되었다. 이런 세계도 있구나.

내가 정말이지 좁은 세상에 살았구나, 새삼 깨달았던 계기는 일상에서 만났다. 병원에 있다 보면 자기 삶을 기준으로 두는 사람들을 종종 만났다. 이들은 워낙 바쁘기도 하거니와 병원 밖의 삶이 부러운데 막상 자신은 그렇게 하질 못하니 딴지를 걸곤 한다. 밥을 천천히 먹으면, "어 너 시간 많은가 보다. 밥 천천히 먹을 만큼 살 만하구나? 아주 인생 편하게 살지?", 옷을 예쁘게 입으면 "오, 쟤는 옷 골라 입을 시간도 있나 봐? 나는 머리 감고 옷 갈아입을 시간도 없는데" 하는 식이다.

나도 한때 그랬다. 몸이 힘들고 스트레스를 많이 받으니, 나를 제외한 다른 사람들은 전부 여유로워 보였다. 내가 세상에서 제일 열심히 대단하게 살고 있는 것 같았다. 이제는 달라졌다. 뭐든 '그럴 수도 있지' 하게 되었고 대부분의 일을 좀 더 유하게 받아들이게 되었다. 병원에서 고생하고 힘들었던 시절을 생각하면 지금도 대단하게 여겨지지만, 그것이 전부가 아니라는 것도 알게 되었다. 나는 자유를 만

끽하는 지금이 좋다. 어쩌면 제2의 인생을 맞이해서 내 삶을 사는 지금이 내 인생의 전환점이 아닐까 싶다.

인스타그램을 열면서 나는 '인플루언서'가 되고, 유튜브를 오픈하면서 '유튜버'가 되었다. 그리고 이 책이 출간되면 나는 '작가'가 될 것이다. 나는 개인적으로 사람들이 나를 인플루언서라고 부르는 것을 별로 좋아하지 않는다. 인플루언서라는 직업이 내 천직이라고 생각하지 않기 때문이다. 유튜브를 하고 나서 친구들이 유튜버라고 부르면 그건 기분이 사뭇 나쁘진 않았다.

그다음 직업은 뭘까? 난 그 직업을 마음에 들어 할까? 아직 나는 내 천직을 찾는 중이다. 이런 식으로 내가 사회에서 어떤 직업을 가지고 살면 행복할까 매일 고민하려 한다. 지금부터라도 의사로 일할 때의 예민함을 조금 덜어내고 나의 색을 더 담아서 인생을 다채롭게 살고 싶다.

나의 시간은
분 단위로 간다

내 아침 루틴을 이야기하면 사람들은 신기해한다. 병원 근무를 할 때는 오전 7시 전에 기상했고 지금은 9~10시 전후 기상하지만, 기상 시간과 무관하게 나에게는 아침에 의식처럼 반복하는 행동이 있다. 우선 잠에서 깨면 침대에서 일어나 제일 먼저 커피 머신 예열 버튼부터 누르고(2분 뒤 예열이 완료된다) 물을 한 잔 따라 마신 다음, 그 컵에 얼음을 담고 물을 다시 붓고 커피 머신 아래에 둔 다음, 화장실에 가서 볼일을 보고 나와서 고양이 캔을 까서 백호와 심바에게 주고 다시 커피 머신 앞으로 가면 딱 2분이 지나서 커피 추출 버튼이 켜져 있는 걸 확인하고, "오늘도 2분 안에 다 했네?" 하면서 뿌듯한 마음으로 커피 추출 버튼을 누른다(긴 문장이지만 정말 내겐 한 호흡에 하는 일이라 구태여 문장을 나누지 않았다). 변수가 생겨서 지연되면 추출 버튼을 눌러야 하는데 하면서 불안해한다. 그런데 정말 가끔은 이 모든 걸 너무 빨리해서 커피 머신 예열이 미처 되지 않았을 때도 있다. 그러면 "내가 너무 행동이 빠른가?" 하는 묘한 성취감과 함께 커피 머신 앞에 서서 "빨리 예열돼라, 불 들어와라 빨리빨리!" 이러고 있다.

우리 집에서 며칠 밤 자본 친구들 눈에는 나의 아침 루틴이 병적으로 보일 수도 있다. 얼핏 내용만 보면 물 마시고 커피 내리고 고양이 간식도 주고 평범한 일상인데 내 나름대로는 2분 안에 최대 효율과 최단 동선을 하나하나 계산한 최고의 루틴이다. 하도 오랫동안 반복하다 보니 이제는 생각하지 않아도 몸이 알아서 움직인다. 부스스하게 눈을 비비면서도 눈을 뜨면 커피 예열 버튼을 누르고 냉장고를 열고 있다.

이 루틴은 사실 병원에서 근무할 때 단 1분이라도 더 자고 싶어서 만든 것이긴 했다. 7시 출근이면 6시 45분에는 나가야 하는데, 샤워를 건너뛴다고 하더라도 6시 반에는 기상해야 했다. 15분 만에 출근 준비를 마치려면, 정말 오차 없이 움직여야 했다. 알람도 정확히 6시 반에 맞춰놓고 알람이 울리자마자 일어났다.

사실 요즘에는 아침 시간이 여유롭다. 그래서 이 루틴이 크게 필요하지는 않지만 나는 지금까지도 이 루틴을 유지하고 있다.

소소하지만 매일 매일 반복되는 이런 루틴은 생각보

다 큰 쾌감을 준다. 그 모든 것을 커피 예열시간 2분 안에 다 해내야 한다는 데 긴장감이 들기도 하지만, 매일 매일 '오늘도 성공' 하면서 성취감을 만끽할 수 있기 때문이다. 작지만 확실한 성공으로 기분 좋게 하루를 시작할 수 있다.

　　나중에 알게 되었는데, 스티브 스콧의 『해빗 스태킹』이라는 책에 이런 내용이 나왔다. 스스로를 바람직하게 바꾸고 싶은 양식으로 '좋은 습관'들을 하루에 자연스럽게 습관으로 녹이는 것을 권유하는 책이다. 나도 모르게 아침 일상을 스태킹하고 있었던 것이다.

　　나는 계획하는 걸 정말 좋아한다. 폰 메모장을 열어보면 계획했던, 계획하고 있는 일들이 수두룩하다. 간단하게는 오늘 처리해야 하는 소소한 일들 목록부터 여행 계획, 자금 운용 계획, 저금 계획 등등 다양한 주제의 계획이 내 메모장을 채우고 있다. 내 캘린더 앱도 친구들이 보면 경악할 정도로 스케줄이 꼼꼼하게 적혀 있는 편이다.

　　계획을 세워 지키는 것을 즐기다 보니 나와 같은 부류의 친구들마저도 나랑 여행을 갈 때는 나에게 모든 걸 온전히 맡기곤 한다. 또 '무계획이 계획'인 친구들은 내가 준비한 여행에 크게 감동해주어서 너무 뿌듯하다. 얼마 전부터 한 친구는 아예 내게 미리 금액을 예치해놓는다. 어느 정도냐 하면 이 친구는 나에게 100만 원을 예치한다. 입금된 금액을 보고 놀라서 "아니, 이번 여행에서 한 20만 원 쓸 것

같은데 왜 이렇게 많이 줘?"라고 하니 웃는다. 나와 여행을
더 가고 싶다는 거다. 그러고 나서 여행을 서너 번 다녀와서
"돈 떨어졌어!" 하면 또 보낸다. 나를 믿는다는 뜻이니 괜스
레 기분이 좋다.

　여기서 나의 역할은, 얼핏 보기에는 빡빡해 보이는
이 계획이 답답하게 느껴지지 않도록 친구 의사를 잘 반영
해서 그때그때 계획을 조정하는 유연성을 발휘하는 것이다.

　예전에는 계획하는 데 서툴러서 일정을 너무 빡빡하
게 짜기도 했었다. 계획은 예측을 잘해야 한다. 예측이 하나
라도 어긋나면 뒤의 일정이 다 밀리기 때문이다. 예를 들어
예약해 놓은 어느 한 곳이 30분만 밀려도 이어지는 모든 일
정이 꼬이게 된다. 일일이 전화해서 "죄송하다" "늦어진다"
라고 해야 할 곳이 너무나 많아진다. 이럴 때는 정말 스트레
스를 받는다. 나도 일정이 틀어지거나 늦어지는 경우 이 사
람 탓도 해보고 저 사람 탓도 해보고 날씨 탓도 해봤지만, 지
금은 알고 있다. 그냥 내가 예측을 잘못한 것이다.

　은행에 가면 몇 명이 내 앞에 기다리고 있을지 모르
듯이, 계획도 틀어지지 않게 세우려면 충분히 여유를 두고
예측해야 한다. 그리고 계획이 없어도 행복하게 다닐 다른
사람들을 위해서 누구 탓을 하지 않는다. 나의 계획은 오직
나의 성취감과 나의 불안감을 달래기 위해 내가 짠 것일 뿐
절대적이지 않기 때문이다. 그래서 지금은 계획이 틀어지면
모든 걸 그날 어떻게든 해서 계획을 끼워서 맞추겠다는 강

박이 아니라, 하나를 과감히 포기한다.

가령, 오늘 '밥을 먹고-카페에 갔다가-운동하기'를 계획했을 때, 밥집에서 예상치 못한 일이 발생해 시간이 늦어졌다면 카페나 운동 중 하나를 포기하면 된다. 친구가 "난 ○○박물관에 가고 싶어" 하면 내 일정 하나를 그곳으로 대체한다. 이렇게 사고하기 시작하면서부터 나는 계획에 대해 스트레스를 받지 않고 오직 계획을 짜는 기쁨만을 온전히 누릴 수 있게 되었다.

어떤 일에서든 함께하는 사람과 나의 마음을 살피는 일을 놓쳐서는 안 되니까!

함께하는 일상은
금방 습관이 돼

최근, 알고 지내던 작곡가분에게서 동요를 선물받았다. 정말 말랑거리는 소중한 곡이다. 〈내 고양이〉라는 제목의 이런 예쁜 곡을 내가 불러도 될까 고민했지만, 우리 집에도 소중한 '내 고양이'가 있기에 감사한 마음으로 불렀다.

　　양산에 살 때는 집이 넓었다. 월세 40만 원을 내면 거실까지 있는 집에 살 수 있었다. 발코니까지 있는 집이었다. 원룸에서 지내다 거실이 있는 집에 사니 정말이지 넓게 느껴졌다. 이후로는 고양이들이 있어 너무 작은 집에는 살 수 없는 사람이 되어버렸다. 인턴 때는 방이 두 개나 딸린 실평수 10평인 집에 전세로 들어가 살았다. 부모님이 백호를 봐주신다는 걸 내가 그냥 데려왔다. 백호가 잘 적응해주었고 나를 좋아하는데, 부모님께 보내면 다시 적응해야 하고 스트레스를 받을 것 같았기 때문이다. 당시 당직을 한 달에 8번 정도 섰기 때문에 그 외에는 퇴근하면 바로 집으로 달려갈 수 있었다.

그렇게 잘 지내던 어느 날, 백호에게 친구가 있으면 덜 외롭지 않을까 하는 생각이 들었다. 고양이 합사하기가 쉽지 않다는 말은 들었지만, 한번 잘 적응하면 같이 장난치고 잘 때도 외롭지 않을 것 같았다. 하지만 신중해야 했다. 포인핸드 앱을 들락거리다 보니 눈에 밟히는 아이가 많았다. 무책임하게 불쌍하다는 마음만 가지고 또 한 마리를 늘릴 수는 없었다. 고양이가 두 마리 이상이면 털도 많이 날리고, 청소도 더 자주 해야 할 테고, 화장실 냄새도 많이 나고 아프기라도 하면 책임이 두 배 그 이상이 될 테다. 그러니 여러 가지 현실적인 고려를 해야만 했다. 마음이 쓰이는 아이들을 애써 뒤로하고 앱을 껐다.

그러던 어느 날 또 포인핸드 앱을 보다 놀라운 사진을 보았다. 골프연습장에 고양이가 출연한 거다. 퍼팅장에서 고양이가 골프공으로 축구하며 골프장 손님들을 방해하는 사진이었다. 공들 사이로 돌아다니는 작은 고양이 한 마리가 불안해 보였다.

"악, 맞으면 어째! 너무 위험하잖아."

댓글을 보니 골프연습장 주인이 포인핸드에 입양 글을 올려두었다. 누가 보아도 한국 토종 길고양이였다. 치즈태비무늬에 초롱초롱한 눈망울이 정말이지 귀여웠다. 글을 보니 엄마도 없고, 지금은 아기 고양이지만 점점 커지고 있는 데다가 곧 겨울이 오고 있다면서 얼어 죽을 것 같아 빨리 누가 데려갔으면 좋겠다고 적혀 있었다.

지역을 보니 일산이었다. 쌍문동에 살 때라, 운전해서 가면 금방이었다. 나는 다시 핸들을 잡았다. 연습장 사무실에 가서 보니 마치 아랫목처럼 전기담요 아래 폭신한 이불을 깔고 고양이가 자고 있었다. 마치 자기 집처럼 말이다. 키울 수는 없지만 고양이를 내치지 않고 배려해주신 게 느껴져 괜스레 내가 고마워졌다.

"이미 키우시는 거 아니에요?"

"아니에요. 그냥 지 혼자 왔다 갔다 해요. 팔자 편해 보이죠. 공 무서운 줄도 모르고. 닭장(골프장에서 골프공이 날아가는 네트로 둘러싸인 공간을 가리키는 은어)에 들어갈까 봐 아주 조마조마해요."

아주머니는 이제 날씨가 점점 추워지는데 아기냥이가 걱정되어서 집사를 찾아주려 포인핸드에 올려놓았다고 하셨다. 지금까지는 회원들이 가져다주는 사료와 간식을 주었다며, 용변도 자기가 알아서 가려 흙에 가서 한다고 했다.

"냥냥아 안녕?" 하면서 츄르를 들고 살며시 다가갔다. 태어난 지 삼 개월 쯤 되었을까, 솜털도 아직 빠지지 않아 부스스한 털을 가진 아기 냥이였다. 가만히 보니 정말 지저분했다. 여기저기 정체를 알 수 없는 것들이 묻어 있었다. 제법 츄르 먹어본 경험이 있는지 미친 듯이 먹었다. 그러더니 마구 애교를 부리고 몸을 부볐다. 백호와는 정반대였다.

딱 보아도 하룻강아지, 아니 하룻고양이였다. 안정적이고 활달해 보였다.

　"너, 나랑 같이 갈래?" 하고 밖으로 나갔다. 그러자 고양이가 반대편으로 마구 달려가더니 혼자 노는 것이었다. 앉은뱅이 풀숲에서 폴짝폴짝 뒹구르르 구르고 신이 났다. 풀거미가 온몸에 묻어도 재미있다고 뛰어다녔다.

　'아……. 쟤는 좀 감당이 안 될 것 같은데. 야외에서 살던 애라 실내에 적응이 될까?'

　피부병도 없고 건강해 보이는 데다가 폴짝거리는 게 너무나도 귀여웠다. 하지만 집에서 생활하려면 야외 생활은 청산해야 했기에 마음에 걸렸다. 저렇게 밖에서 노는 걸 좋아하는데(하지만 고양이들은 야외 생활하면 수명이 단축되는 게 연구로 밝혀지기도 했다).

　하도 팔짝팔짝 뛰어다녀서 잡는 건 포기하고 다시 한번 "나랑 갈까? 츄르 줄까?" 했더니 따라왔다. "응? 따라온다고? 그럼 내 차까지 따라올래?" 했더니 차까지 따라왔다. 자연스럽게 케이지에 넣어서 지퍼를 잠갔다. 심바를 데리고 떠날 때, 아주머니가 남은 고양이 사료를 챙겨주셨다. 무슨 사료인가 검색해보니 다이소에서 파는 사료로, 저렴하지만 성분이 나쁘지 않다는 평이 보였다. 더 좋은 사료로 바꾸어 줄 것이었지만, 감사한 마음에 받아들고 나왔다. 이따금 내가 아폴로가 먹고 싶은 것처럼, 심바에게도 간식으로 가끔 줘야겠다 싶었다.

골프장 아주머니와 그 가족들은 그새 고양이에게 정이 들었는지 가끔 소식을 전해달라고 했다(지금도 가끔 사진을 찍어 소식을 전하고 있다).

이제 가자, 하고 가는데 고양이가 계속 나오겠다며 야옹거렸다. 백호가 무서울 때 내는 야옹거리는 소리와는 달랐다. 백호는 밖에 나갈 때면 저 어딘가 깊은 곳에서 우러나온 공포의 울부짖는 소리를 내는데, 심바는 누가 들어도 '나 좀 내보내 줘!' 하는 소리였다.

운전하면서 고양이를 케이지에서 꺼내놓으면 안 된다는 건 알았지만 일단 한번 꺼내주어 보았다. 고양이는 뒷좌석부터 한번 쭉 스캔을 시작했다.

'그래, 액셀 브레이크 근처에만 오지 말아라.'

운전석 쪽으로 오지 못하게 하고 내 쪽으로 오려고 하면 옮기고 그냥 운전만 하던 어느 순간, 고양이가 무릎 위에 앉았다.

"뭐야 너어."

내 허벅지 위에 갑자기 딱 눕더니 잠드는 거였다. 일산에서 쌍문까지 밀리는 차 안에서 한 시간 반을 고양이는 내내 잠들어 있었다. 처음 본 인간 무릎 위에서.

'그래 넌 역시 팔자가 편하구나.'

백호한테 어떤 균이나 병을 옮길 수도 있으니 동물병원에 갔다. 다행히 건강하고 귀 진드기만 조금 있었다. 한 달

정도 통원 치료하면 되는 거라서 "넌 귀 진드기 다 나을 때까지 백호 못 봐" 하고 방에 가두어 놓았다. 백호는 갑자기 나타난 작은 녀석이 자기 영역을 독차지하고 있으니 꼬리를 펑! 하고 경계를 늦추지 않았다. '내가 더 쎄!' 하는 듯했다. 그렇다. 이 친구가 바로 심바다. 그때부터 지금까지 백호는 심바보다 서열이 위다.

심바, 제2의 냥수르가 태어났다.

하지만 심바에게 고급 장난감은 필요가 없었다. 골프장에서 이미 공 맛을 제대로 본 터라 그 어떤 장난감으로 놀아주어도 금세 흥미를 잃었다. 도리어 백호와 분리하기 위해 설치했던 철망을 타고 오르락내리락하며 등반을 일삼았다(!). 백호가 서열을 과시하기 위해서 심바를 끈질기게 괴롭혔는데, 심바는 괴롭히면 괴롭히는 대로 당하는 순둥이다. 밥도 백호가 먼저 먹고 나서야 심바가 먹고, 캣타워에서도 백호가 맨 윗자리를 차지한다. 그런데 백호는 터키시 앙고라라는 소형종이고, 심바는 중형종에 속하는 길고양이라서 그런지, 심바가 성장할수록 점점 백호의 크기를 넘어섰다. 지금은 백호가 3.8kg, 심바가 5.4kg이다. 그러면 덩치만 보아도 사실상 심바가 서열을 뒤집는 게 맞는데, 캣타워 맨 위에 있는 우주선에만 가끔 가서 잘 뿐, 나머지는 백호한테 아무리 맞아도 져준다. 그래도 어렸을 때 괴롭힘을 당한 앙금이 남았는지 백호가 와서 애정을 표현하면 소스라치게 소름 돋아 하면서 캬악! 하고 도망간다. 백호와 심바는 이제 떨어지려야 떨어질 수 없는 자매가 되었다. 일 년에 한 번은 둘이 껴안고 자는 걸 목격했기 때문에 확실하다.

지금 내가 사는 집의 반은 고양이 가구다. 고양이 집에 나는 집사로 들어간 거다. 제한적인 면적에서 내 물건을 채우면 그만큼 고양이들이 쓸 수 있는 영역이 줄어든다. 그래서 내 물건을 줄이는 대신 정말이지 30평대 아파트에 있을 것 같은 캣타워를 들이고 수직 공간을 늘려주었다.

두 녀석이 서로 자기를 만져달라고 애옹거릴 때, 잠자고 일어나 내 곁에 곤히 잠든 녀석들을 볼 때, 집에 들어가면 꼬리를 치켜들고 반겨줄 때……. '사랑'이라는 것이 있다면 이런 게 아닐까 하고 느낀다. 백호와 심바가 없는 일상은 상상할 수 없다. 내 소중한 가족, 백호와 심바를 오래오래 곁에서 지켜주고 싶다. 아니, 어쩌면 백호와 심바가 나를 지켜주고 있는지도 모른다.

너를 사랑하는 일은 아주 쉬웠어
네 눈 속엔 우주가 담겨 있었거든
함께하는 일상은 금방 습관이 돼
내 작고 예쁜 보송한 천사야
내일도 모레도 그렇게 가만히 잠들고 일어나자

- 미닝, 내 고양이(My Cat) 중에서

건강하려면,
건강하려고

내가 오랜 시간 꾸준히 해온 게 뭐가 있을까, 누가 묻는다면 '운동'이라고 바로 답하겠다. 고등학교 때는 운동을 정말 잘했다. 한창 성장할 시기에 부모님이 수영을 계속 시켜주셔서 친구들이 90-95 사이즈 교복을 입을 때 나는 95-100 사이즈 교복을 착용했던 기억이 있다. 다 내 어깨 때문이다. 고등학교 때도 남자애들이 내 뒷자리에 앉으면 앞이 안 보인다고 내 등과 어깨너비를 두고 놀리기도 했다.

당시에는 어깨가 넓은 게 상당한 콤플렉스였는데, 성인이 되고 보니 오히려 좋다. 옷발도 잘 받고 직각 어깨가 유행하면서 어리둥절하게도 이득을 보게 되었다.

윗몸일으키기는 1분에 기본적으로 50개는 해서 전교 1등을 해보기도 하고, 계주나 학교 주최 미니 마라톤 대회가 열리면 무조건 순위권 안에 들곤 했다.

고등학교 때, 봉사활동으로 네팔에 간 적이 있다. 유

학반 친구들과 지원해 한국해비타트를 통해서 갔다. 위생이나 치안 면에서 안전하지만은 않은 곳이어서인지 여학생들은 못 간 친구가 많았지만, 남학생 두세 명과 함께 가서 외롭지 않게 다녀왔다. 나중에 대학생이 되어 어머니께 "어떻게 그렇게 쉽게 네팔에 보내줬어요?" 하고 물어보니 "네팔이 왜? 치안이 안 좋은 곳이야? 몰랐네"라고 하셔서 당황하기도 했다.

우리는 네팔에 가서 집 짓는 일을 도왔다. 통나무 같은 자재를 구하기 어려우니 열대 우림에 있는 가느다란 나무로 작업했다. 대나무로 뼈대를 잡는데, 여러 개를 엮어서 통나무 하나처럼 세운다거나, 뼈대를 세워서 사이를 채우는 작업을 도왔다. 뼈대를 격자로 채우는 작업을 했는데, 현지 위생 상태가 좋지 않아 봉사단 전원이 설사병에 걸렸다. 하지만 나는 위장이 워낙 튼튼해서 나만 멀쩡했다. 다들 뼈대를 잡을 힘조차 잃고 뼈대를 잡다가 '윽' 하고 설사하러 가고, 하지만 또 밥을 먹어야 힘이 나니 어쩔 수 없이 밥을 먹을 수밖에.

평소에 정기적인 운동을 하지 않아도 건강했던 나는 익스트림스포츠를 즐기다 대학교 2학년 때 된통 당했다. 스카이다이빙, 스키 등 강렬한 운동을 특정 시즌에만 하다 보니, 어느 순간 침대에서 일어나지 못하게 된 것이다. 병원에 갔더니 외상성 디스크 파열이라고, 격렬한 스포츠를 많이 하는 경우 발생할 수 있는 질병이라고 했다. 모든 병원에서 수술을 권했는데, 서울대 혜화병원에서는 이야기가 달랐다. 일 년 간 운동을 열심히 하고 기립근을 키워서 재활해보자는 거였다. 당장 너무 불편하니 수술하고 싶었지만, 부모님은 수술에 반대하셔서 강제로 재활을 받게 되었다. 지금은 그 결정에 정말 감사하다. 1년은 어림도 없었고, 약 3~4년 동안 정말 힘든 시간을 보냈다. 통증도 심하고 5분 이상 걸으면 다리가 저려 잠시 앉아있다가 움직여야 했다. 하지만 그 계기로 온갖 운동을 정기적으로 하기 시작했다. 요가, 필라테스, 헬스……. 정말 조금씩이었지만 효과를 보았다. 여러 운동을 하고 코어 근육을 키우기 위해 노력했더니 진전이 보이는 게 아닌가. 특히 헬스로 근력 운동을 꾸준히 하고부터는 허리가 아픈 일이 확실히 줄더니, 지금은 허리가 언제 아팠냐는 듯 싹 나았다. 물론 그 후로 공부하면서 목디스크가 왔다.

그때부터였던 것 같다. 습관처럼, 또는 집착처럼 나는 일주일에 두세 번은 헬스장에 꼭 간다. 개인 트레이닝을 받을 때도 있고 혼자 운동할 때도 있다. 몸을 유지할 때는 혼자 운동하고, 중량을 늘리고 싶거나 뭔가 목표가 있을 때는 피티를 받는다.

운동하러 가는 길은 지금도 너무 힘들다. 괜히 운동하러 가려고 일어나려고 하면 온 데가 다 아픈 것 같고 머리도 아프고 배도 아프고, 온갖 꾀병이 다 생긴다. 그런데 신기한 점은, 운동을 마치고 집에 돌아오는 길은 너무도 상쾌하다는 것이다. 땀 흘리고, 차가운 물을 한 컵 마시고, 내가 오늘도 운동을 무사히 끝냈다는 그 작은 성취감, 건강해졌다는 기분이 사람을 활력 있게 만든다. 그리고 운동한 날부터 사흘에 걸쳐서 찾아오는 근육통. 아프지만 '내가 운동을 제대로 했구나'라는 생각이 들게끔 한다.

이런 기분을 가족들도 맛보았으면 해서 아버지와 동생에게 운동을 추천했는데, 처음에는 싫다고 하더니 지금은 나보다 헬스장에 자주 간다.

뭐든 건강과 체력이 기본이다. 일단 내가 튼튼하고 건강해야 뭘 해도 하는 게 아닐까? 운동할 수 있을 때 하고, 움직일 수 있을 때 많이 움직이고 싶다.

마음의 소리에
귀를 기울이면

학교 수업을 마치고 반 친구들이 학원에 가느라 부랴부랴 교실을 나서면 나는 가방에서 만화책을 꺼내 읽곤 했다. 조금 전까지만 해도 수업을 듣고 왁자지껄했던 곳은 이내 조용해지고, 나는 나만의 세계로 빠져들었다. 그러고는 한 시간쯤 지나면 교실에서 나와 집으로 향했다. 학교 운동장을 가로지르면서 보니 구령대 근처에 아이들이 모여있었다. 몇몇은 스탠드에 누워 있기도 하고 몇몇은 대화를 나누고 있었다.

"너희 왜 집에 안 갔어?"라고 물으니 "너도 같이 있을래?" 하기에 나도 그냥 거기 같이 누워버렸다. 콘크리트 바닥이라 딱딱했지만, 등이 시원했다. 시원한 바람이 불고 여름 풀벌레 소리가 들려왔다. 그렇게 누워 있으니 어쩐지 아무 생각도 나지 않고 고민도 사라졌다.

"얘, 너 눈이 정말 우주 같아. 너무 아름다워."

옆에 있던 아이의 눈을 빤히 들여다보다 내뱉은 말에 친구의 얼굴이 붉어졌다. 특별히 다른 어떤 이야기를 나눴는지 기억은 잘 나지 않지만, 친구의 보라색 컬러렌즈 색이 지금도 머릿속에 계속 박혀 있다. 예쁜 눈과 빛나는 눈동자가 신기했다. 그 친구와 친했던 또다른 친구는 당시 내 짝이었다. 친구는 수업 시간에 책상에 줄을 그어놓고 조금만 넘어가도 딱밤을 때리곤 했다. 드래곤볼에 나오는 주인공처럼 머리를 삐죽삐죽하게 하고 다니던 아이였다. 머리가 망가질까 봐 책상에 주먹 쥔 손을 올려놓고는 거기에 눈을 대고 엎드려 자던 모습이라니. 그 모습이 아직도 기억에 선연하다.

보통 반 아이들은 이 친구를 멀리했는데, 나는 얼레벌레 즐겁게 학교에 다니면서 이 친구와도 다른 아이들과 똑같이 지냈다. 만일 부모님이 '그런 아이와는 놀지 말아라' 했다면 어떤 편견이 생겼을지도 모르겠다. 하지만 부모님은 누군가를 판단하는 말조차 하지 않으셨다.

사회적으로 교수라는 자리에 있는 부모님이니 어쩌면 조금은 엄격한 잣대가 있으셨을 수도 있는데 부모님의 이런 면모 덕분에 나는 편견 없이 성장할 수 있었다. 다만 이것도 해보고 저것도 해보고 하고 싶은 게 많고 공상도 많이 하는 성격이었던 나를 진정시키려고 두 분이 엄청 노력하시긴 했다. 여러모로 나와 부모님은 균형을 잘 이루었던 것 같다.

언젠가 카페에 다니는 것도 좋고 인테리어나 조경에도 관심이 많아서 "카페를 한번 차려보고 싶다"고 슬쩍 말을 꺼내보았다. 아버지는 "시장조사부터 해봐라. 만만치 않을 거다"라고 하시면서 실질적으로 카페를 운영하려면 얼마나 고려해야 할 것이 많은지 내가 자연스럽게 생각해볼 수 있게끔 방향을 제안해주셨다. 내가 무엇을 시작하건 간에 내가 그만큼의 열정을 가졌는지 스스로 살펴볼 수 있게, 정말 하고 싶다면 이룰 수 있도록 아버지 나름의 방식으로 응원해주신 것 같다.

MZ세대라 불리는 특정 세대는 본인이 좋아하고 원하는 일에 과감히 투자하는 특성이 있다고 한다. 그렇다면 좋아하는 일은 어떻게 찾을까? 일부러 '찾는다'라기보다는 마음의 소리에 귀를 기울이면서 흥미가 생기는 일을 직접 해보는 게 아닐까 싶다. 다양한 경험을 쌓아가다 보면 어느 순간 '아, 이게 나와 잘 맞는구나!' '내가 이런 걸 좋아하는구나' 하고 알아차리게 된다.

평소 미술관에 가는 걸 좋아하는 나도 좋아하지 않는 작품들이 있다. 어떤 미술관에 갔더니 내가 이해하기 어려운 추상화가 가득했다. "아 노잼이네"라고는 했지만, 이 또한 내가 직접 와서 보았기 때문에 깨닫게 된 것 아닐까? 또 누가 알겠는가, 이렇게 계속 보다 보면 내 마음을 울릴 추상화 작품을 만날 수도 있지 않을까.

직업을 바꾸는 것에 대해서도 기성세대보다 요즈음의 청년들이 더 열려 있는 편이다. 더 좋은 기회가 있고, 내가 더 흥미롭게 생각하는 게 있을 때, 청년 세대는 보통 '도전'해본다. 물론 그런 도전에는 시간도 들고 금전적인 투자도 필요하다. 그래서인지 이전에 '명품' 혹은 어떤 '물건'을 소비하는 데에 돈을 쓰는 사람이 많았다면 지금은 자신의 능력을 신장해줄 '경험'에 시간과 돈을 소비(이런 걸 어른들은 보통 '투자'라고 하지만)하는 사람이 점점 늘어나고 있는 것 같다.

문화재단이 전보다 많이 생기고 유지되고 있는 현상은 반갑다. 강원문화재단과 강동문화재단 등 지역별로 멋진 프로그램들을 운영하는 곳이 많다. 문화 복지를 보장하는 사회로 나아가고 있다니, 정말 반가운 일이다. 실제로 프로그램에 참여해보니 수준도 높았다. 강동구에서 제공한 프로그램 중에는 국립 현대무용단의 공연도 있고, 해외 유명 작가의 전시도 있었다. 국가의 지원이 줄어들지 않고 조금 더 풍성해지면 좋겠다.

내 유튜브 채널에도 출연하고 함께 고성에 갔던 내 친구 M은 런웨이에 서는 모델이다. '극 내향형'인 친구에게 "너처럼 소심한 애가 어떻게 모델을 하지?" 했더니, 몸이 길쭉하게 태어나서 어렸을 때부터 사람들이 다 모델이 되라고 했단다. 그래서 하긴 했지만, 지금도 사람들이 집중해서 쳐다보는 눈빛이 부담스럽다나. 집에 혼자 틀어박혀 무궁무진한 세계를 펼치는 친구는 '애니메이션 덕후'다. 조명 아래 멋진 모델로 런웨이에 서고는 집에 돌아가 짱구, 이누야샤와 함께하는 친구. 이 애니 덕후가 애니 관련 자료로 좋아하는 것을 따라가다 보니 돈을 더 많이 벌게 되었다.

친구는 모델로도 잘나갔기에 페이가 높았는데, 애니메이션과 관련한 일을 하면서 모델 일보다 더 대박이 났다. 이 친구는 이제 친구들 사이에서도 가장 돈을 많이 번다. 그것도 본인이 좋아하는 일을 하면서 말이다. 이제는 법인까지 설립했다.

기본적으로 친구가 노력하지 않았다면, 꾸준히 해오지 않았다면, 이런 결과를 얻지 못했을 것이다. 예전에는, 그러니까 조부모님이나 부모님 세대까지만 해도 자신의 이상을 좇는 일을 하다가는 돈을 벌지 못할 거라는 인식이 팽배해 있었다. 그래서 자녀들이 이런 의사를 내비치면 '초장부터 잡아야지' 하면서 격렬하게 반대하곤 한다. 특히 신종 업종의 경우에 그렇다. 맨날 방에 틀어박혀서 애니메이션만 보고 있는 다 자란 아이를 고운 눈으로 볼 부모는 아마도 흔치 않을 터다. '대책 없는 오타쿠'라고 생각하겠지. 그러나 요즘은 다르다.

이제 우리가 살아가는 세상은 본인이 좋아하는 것을 열심히 해서 어느 정도 수준을 획득하고 또 이것이 세상 흐름과 잘 들어맞으면 기존에 우리가 흔히 '돈 잘 버는 직업'이라고 생각하던 일보다 훨씬 큰 성공을 누릴 수 있다. 다른 사람들이 전부 그건 아닌 것 같다고 해도 본인이 좋아하는 일을 꾸준히 하면 예전보다 훨씬 성공 가능성이 높아지는 그런 세상인 것이다. 더 나아진 세상에서 모두가 마음의 소리에 귀 기울이고 이를 따를 수 있으면 좋겠다.

나는 대기업에 들어가 회사에 피땀을 바치는 대신 자기가 정말 하고 싶은 분야를 찾아 거기에 뛰어드는 청년 창업가들을 늘 응원한다. 이들이 자신만의 비전을 펼치면서 사업에 매진할 수 있도록 청년 지원금 정책이 지금보다 확대되었으면 좋겠다. 특히 IT나 신소재 개발처럼 누구나 인정하는 중요 분야 외에 농수산업이나 예체능 분야의 지원도 점점 강화되었으면 좋겠다. 그래야만 우리 사회도 다양성을 잃지 않는 건강하고 멋진 사회가 되지 않을까?

워낙 무계획에 내향적이며 집에서 배달 음식 시켜 먹는 것을 좋아하는 친구는 이제 돈은 많이 벌지만 쓸 데가 없어서(?) '뭐야 돈이 왜 이렇게 많지?' 하고 그냥 통장에 넣어둔단다.

곁에서 오래 지켜본 친구는 평범한 집에서 사치 한 번 부려보지 않은 사람이다. 한번은 친구가 "돈 많이 번 사람들은 백화점 가서 쇼핑한다던데!" 하고 백화점에 가서 큰 맘 먹고 이것저것 샀다. 그런데 막상 만나서 보니 조합이 안 되었다. 친구에게는 처음이었던 백화점 쇼핑 그 자체가 목적이어서, "그래도 뭔가 내 돈으로 다 사봤으니까 됐어. 이 대로 좋아" 하고 만족했다.

쇼핑백만 봐도 즐겁다는 귀여운 친구다. 이제는 집을 사야겠다면서 열심히 돈을 모으는 것을 보면 정말 멋있다.

친구는 내가 인스타그램을 오픈한다고 했을 때 응원과 지지를 아끼지 않았다. 사람들이 반대하고 나쁜 기사가 뜨더라도 신경 쓰지 말라면서, "넌 센스도 있고 감각적이니까 정말 잘할 거야" 하고 응원해주었다.

"우리는! 남이다! 일한 만큼 돈 받자!"

얼마 전, 한 드라마에서 나온 장면이 기억에 남는다. 회식 자리 건배사였다. 너무 좋다. 이전 세대의 구호는, "우리가! 남이가!"였다.

우리는 남이 맞다. 회사 일을 최우선시하고 직장에서 자기 자신을 희생하는 그 시대는 지났다고 생각한다. 열심히 일하고 그에 대한 정당한 대가를 받는 삶, 저녁 시간을 즐길 수 있는 삶, 일명 '워라밸' 즉 '일과 사생활의 밸런스'를 보장받는 삶을 원하는 세상이다. 기성세대의 노력으로 우리 세대의 권리의식이 높아진 결과다.

친구 중에서도 "나는 여기 이 회사에 뼈 묻는다. 부사장, 임원 달고 나올 거야" 하고 큰맘 먹고 입사하는 친구들도 있다. 공부하는 친구 중에서도 "한 분야만 파서 이 분야에서 최고 전문가가 될 거야" 하는 친구들도 있다. 대단한 친구들이라고 생각한다. 자기가 좋아하는 하나의 목표를 세우고 그것을 향해 달려 나가는 사람들. 나도 그중 하나였다. 그리고 이것이 기성세대가 봤을 때 익숙한 성공의 길이다.

하지만 최근 들어서는 정말 다양한 방법으로 성공하는 친구들이 많이 생겼다. 이것도 해보고 저것도 해보고 기성세대가 보면 산만하다고 생각할 수 있는 친구들이 있다. 주변에서 꼭 한 번씩 "왜 하나를 진득하게 못 하고 그러냐, 한 우물을 파야지"라는 말을 듣는 친구들이다. 하지만 나는 한 우물을 파야 한다는 말에 동의하지 않는다. 현재 세대와 기성세대는 놓인 환경 자체가 매우 다르다. 기성세대는 대학만 나오면 취업은 쉬웠다고 했다. 취업해서 회사에서 열심히 해서 승진을 하는 것, 또는 본인의 전공을 살리는 직업을 가지는 것이 당연한 시대였다. 하지만 현재 우리 세대는 다르다. 대학을 나온 사람의 비율이 압도적으로 높기 때문에 대졸자 중에서도 취업 못 한 사람이 발에 차인다. 회사에 들어가도 퇴사율, 이직율이 아주 높다. 본인의 대학 당시 전공을 살려서 직업을 가지는 친구들은 극히 드물다. 이런 세대에서는 두루두루 이것저것 할 줄 아는 것도 능력이다. 얕고 넓은 지식을 가진 백과사전 같은 사람을 보면 대단하다는 생각이 들지 않는가? 이것이 커리어에도 비슷하게 적용되는 시대가 되었다. 이제는 한 우물을 파지 않아도 센스와 노력이 있으면 성공할 수 있는 시대다. 물론 이것도 기본적으로 성실함과 노력을 바탕에 두어야 하지만 말이다.

몇 년 전, 영문학을 오래 공부해서 대학원까지 나온 한 지인이 작은 카페를 오픈했다. 좋아하는 커피를 업으로 삼은 거다. 왜 박사과정에 진학하지 않았냐 물었더니, 공부가 지긋지긋하다고 했다. 시간 때워서 박사학위 따면 또 시간 강사로, 시간 강사에서 교수가 되는 과정에서 계속해서 공부해야 하는데, 그것이 싫다고 했다.

어른들은 말한다. 이만큼이나 공부했는데 이 정도 직장은 가야지. 하지만 그 친구는 현재 생활에 아주 행복해한다. 아침에 눈을 뜨고 감성적으로 꾸며놓은 카페에 출근해서 커피를 내리고 무슨 화분을 둘까 고르고, 단골손님들과 수다를 떠는 그런 삶 말이다. 설거지며 청소며 숨은 노력도 많이 필요하지만, 어느 일이든 힘들지 않은 일은 없다. 그러니 이왕이면 내가 좋아하는 일을 하는 편이 낫지 않을까? 사회가 생각하는 좋은 직업과 내가 행복한 직업은 다를 수 있다.

K-팝, 힙합, EDM과 같은 트렌디한 음악이 대세인 요즈음, 록에 열심인 친구가 있다. 힙합을 거쳐 자신을 표현할 수 있는 더 적합한 음악을 찾다 록을 택했다. 이 친구는 사실 음악을 전공했던 것도 아니었다. 내가 기억하기로는 전형적인 인문계 친구였다. 그런 선택들이 요즘 세상에는 재미있는 요소가 되는 것 같다.

좋아하는 걸 택한 대신 가난해질 수도 있다. 힘든 시기를 잘 버텨준 친구는 이제 본인의 특색을 알려 이름을 알려가고 있다.

이 친구는 유명 아이돌처럼 널리 알려지지는 않았지만, 사람들은 '뭐야, 요즘 시대에 록을 하네?' 하며 더 관심을 가졌다. 마니아층을 형성하기 시작한 것이다. 큰 공연장을 빌릴 수는 없지만 작은 공연장을 가득 메운 사람들은 하나같이 가사를 외워서 떼창을 부르는 광팬들이다. '어? 나만 록 좋아하고 사람들은 안 좋아하는 줄 알았는데, 좋아하는 사람이 이렇게나 많네?' 하고 유대감이 형성되면서 강화되는 거다. 이는 비단 록에만 국한되는 이야기가 아니다. 세상은 점점 다양화되고, 각자의 취향과 개성이 존중받는 시대가 되었다.

다나카도 비슷한 케이스인 것 같다. 개그 프로그램에서 크게 주목받지 못했지만 본인 콘셉트를 가지고 자신만의 개그를 계속해 가던 중 최근 세간의 관심을 받고 봇물이 터졌다. 거의 10년 가까이 콘셉트를 유지하면서 활동을 이어갔는데, 이제는 일본에도 초청받아 가서 공연도 하고 공식 프로그램에도 나온다. 만일 그가 중간에 자신의 콘셉트를 바꾸거나 놓아버렸다면 어땠을까? 분명 힘들었겠지만, 인고의 시간마저도 개그로 승화시킨 그의 노력과 꾸준함에 박수를 보내고 싶다.

흔히들 MZ세대라고 부르는 요즘 세대들이 이러한 방향으로 나아간다는 게 나는 참 긍정적인 것 같다. 이 기저에 우리나라가 더는 굶어 죽지 않는 사회가 되어서 그런 생각을 할 수 있다고 생각한다. 고물가에 집값은 치솟았지만, 알바를 해도 생활비는 벌 수 있다. 집을 사기 위해서, 차를 사기 위해서 원치 않는 노동을 하는 대신 당장 손에 들어올 돈이 적더라도 삶의 의미와 즐거움을 찾기 위해 몰입하는 것이다.

본인이 보람을 느끼는 일, 정말 하고 싶은 일이 무엇인가를 생각해서 결정해야 하기 때문에 직업을 정하는 데 시간도 오래 걸리고, 때로 먼 길을 돌아가기도 한다. 옛날에는 사람들이 '이거 해서 돈 많이 벌면 되지'를 기준으로 직업을 선택했다면, 지금은 돈을 많이 줘도 '내가 정말 하고 싶은 일인가'를 먼저 따져보는 것 같다. 기성세대는 배부른 얘기라고 할 수 있지만, 기성세대의 피땀과 눈물로 조금은 옛날보다 배부른 세상이 되었으니, 돈을 좀 적게 벌더라도 지금 세대는 다양한 경험을 하면서 진로를 탐색할 시간이 필요하다고 생각한다.

평생직장의 의미에 대해 생각해본다. 사람들은 쉽게 '평생직장'이라는 단어를 입에 담는다. 하지만 그 말 자체에 담긴 견고함과 보수성, 그리고 고루함을 주의해야 하지 않을까.

나이가 들어갈수록 사람은 더 개방적이고 진보적이어야 한다고 생각한다. 하지만 직장 문화나 사회적 가치들로 인해서 점점 사람들은 폐쇄적이고 보수적으로 변해간다. 가장 안 그럴 것 같았던 사람들도 점차 견고하게 자신의 성을 쌓아간다. 어찌 보면 당연하지만, 이럴 때일수록 잠시 멈춰서 내가 놓친 부분을 되돌아보고 "내가 꼰대가 되어가는 것이 아닐까?" 하고 계속해서 자신을 살펴야 한다. 그래야 어른이 되었을 때 가끔가다 보이는 '지금도 멋있는 어른'이 될 수 있지 않을까? 그래야 내 자식이 비전형적인 일을 선택했을 때 "그건 돈이 안 돼, 그걸로 먹고살 수 없어"가 아니라 "열심히 해보아라. 엄마는 네가 잘할 것이라고 믿는다"라고 격려해주는 좋은 부모이자 어른이 될 수 있지 않을까?

행복의 조건에 '돈'이 있느냐고 묻는다면 나는 돈이 아주 필요 없다고는 하지 못하겠다. 돈이 필요하다는 걸 부정할 수는 없다. 내가 기본적으로 생활할 수 있을 정도의 돈은 있어야 한다고 생각한다. 하지만 그게 얼마인지는 사람에 따라 다를 것이다. 기본 생활이 보장되는 상태에서 내가 보람되고 내가 좋아하는 일을 할 때 행복한 게 아닐까. 오늘도 나는 소소한 행복을 찾아간다.

드래곤볼 머리를 했던 친구와 그의 친구들은 어떻게 지내냐고? 이따금 연락이 온다. 방이먹자골목에서 맥주 한잔하다가 내 생각이 났단다.

"너 요즘 시끄럽던데 잘 살아라!"

내게 이것저것 묻지도 않고, 나오라고 조르지도 않는

다. 그저 잘 살라는 한 마디. 방이먹자골목에서 교복을 입고 떡볶이를 먹다 길을 잃었을 때 나를 구해준 친구들은 이제 멋진 어른이 되어 내 등을 토닥여주고 있다.

희곡이 좋아서

나는 다독가는 아니다. 하지만 좋아하는 독서 장르는 분명하다. 오래전부터 나는 유독 희곡 읽기를 좋아했다. 책을 읽는데 눈앞에서 영상이 펼쳐지는 듯한 그 느낌이 나는 너무나 좋다.

　　대학생일 때엔 명동예술극장에 자주 갔다. 지금은 어떤지 모르겠지만 그즈음엔 대학생 할인이 50%나 되어서 학생증 덕을 정말 많이 보았다. 명동에 가면 지하철역에서부터 북적북적, 언제나 사람이 많았다. 코로나로 침체기를 맞았던 명동이 지금은 활기를 어느 정도 되찾았지만, 코로나가 한창이었을 때 텅 빈 명동 거리를 보면 서글퍼지곤 했다. 대학 시절, 명동의 인파를 뚫고 명동예술극장에 다다르면 주변 공기마저 바뀌는 것 같았다. 공연을 보기 위해 기다리는 사람들의 작은 웅성거림, 오늘 작품은 어떨까, 그 배우는 어떤 연기를 보여줄까 하는 저마다의 설렘……. 여기가 한국인지 유럽 어느 오페라 극장에 와 있는 것인지 헷갈릴 정도였다.

제일 감명 깊게 본 희곡 작품은 〈M. Butterfly〉와 〈욕망이라는 이름의 전차〉다. 〈M. Butterfly〉는 중국의 경극 배우와 프랑스 외교관이 사랑에 빠지게 되는 이야기를 다룬 희곡인데, 중국계 미국인 데이비드 헨리 황이 집필한 것으로 알고 있다. 우리가 흔히 알고 있는 오리엔탈리즘, 즉 서양인 사이에 유통되는 오리엔탈리즘 신화에 도전한 작품이다. 또한 당시 성적 소수자에 대한 인식이 부족했던 상황에서 섹슈얼리티에 대해 심도 있게 다루고 있는데, 우리나라에서는 푸치니의 오페라 〈나비부인〉과 많이 혼동하지만 이 희곡의 정식 이름은 〈M. Butterfly〉다. 미국에서는 남성을 Mr., 여성을 Ms. 또는 Mrs. 로 표기하는데, 젠더 뉴트럴한 의미로 M.을 붙였다고 추정한다.

〈욕망이라는 이름의 전차〉는 남편이 죽은 뒤 방탕한 생활을 하다가 여동생의 고향으로 가서 그녀와는 정반대 성향의 사람(여동생의 남편)을 만나면서 생기는 일련의 일들에 관한 이야기이다.

"Whoever you are, I have always depended on the kindness of strangers."
(당신이 누구든 상관없어요, 나는 언제나 낯선 이들의 친절에 의지하며 살아왔으니까요.)

이 대사는 결국 정신병원에 입원하게 된 블랑슈가 던진 마지막 말이다. 정신이 유약하고 감성과 감정에 기대며 남에게 의존해 살아온 블랑슈는 결국 파멸을 맞이한다.

사무엘 베케트의 〈고도를 기다리며〉는 유명하다고 해서 읽어본 작품인데, 나에겐 하나도 어쩐지 재미없었다. 얼마나 재미가 없었으면 제목으로만 기억나는지⋯⋯. 정말이지 배우 둘이 벤치에 앉아 있다가 끝났다. 고도라는 사람이 실제로 등장했는지도 기억에 없는 걸 보니, 그는 끝까지 오지 않았던 모양이다.

지금까지도 공연이 이어지고 있는 〈에쿠우스〉는 정말 재미있게 읽은 희곡 작품이다. 이 작품은 어린 소년을 치료하는 정신과 의사의 이야기인데, 치료하는 과정에서 의사가 겪는 인간의 본성과 정신세계에 대한 깨달음과 고찰을 담아냈다. 그래서 순수한 희곡이라기보단 정신분석용 작품 같다는 느낌이 더 강하게 들었다. 희곡을 읽고 나서는 슬픔에 빠지기도 했고, 같이 미쳐버릴 것 같기도 했다. 희곡으로만 두 번을 읽고 직접 연극으로 본 적이 없어서 나중에 서울에서 공연되면 꼭 관람하러 가고 싶다.

부전공으로 영문학을 택한 것은 잠시나마 이공계 캠퍼스를 벗어나고 싶어서였다. 영어를 잘하면 영문학과 수업도 크게 어렵지 않을 줄 알았는데, 문학은 또 다른 차원이었다. 수업을 들을 때, 문학을 할 건지 어학을 할 것인지로 나

뉜다. 나는 영어권에서 오래 살았지만, 한국식으로 문법을 배운 적이 없어 영어학 수업은 정말 적응이 되지 않았다.

영문학을 전공한 사람이라면 모두가 접해봤을 기본서가 있다. 《The Norton Anthology》라는 책인데, 엄청나게 무겁고 글씨 크기는 성경처럼 작다. 어머니가 학생이었을 때는 2권이었다는데, 내가 살 때는 3권으로 분권되어 있었다. 그래도 책을 처음 펼치자마자 도대체 무슨 말인가 이해가 되지 않아 괴로웠던, 그 길이가 엄청났던 〈베오울프(Beowulf)〉라는 고대영어로 쓰인 서사시는 지금까지도 기억한다.

그때 '아, 나 이거 뭔가 잘못 선택한 것 같은데, 무를 수도 없고' 싶었다. 나중에 과목을 선택하게 된 후에는 문학 중에서도 여러 분야가 있었지만 전부 희곡과 영화 관련된 과목을 선택해서 들었다.

희곡이 흥미롭고 재미있다면, 시는 경이로웠다. 나는 시에서 느껴지는 운율과 파동이 좋다. 어떻게 이런 글을 쓸까 하는 생각이 들 정도다. 나는 영국 낭만주의 시대의 작품들을 좋아한다. 윌리엄 블레이크와 윌리엄 워즈워스 정도가 기억난다. 둘 다 낭만주의 1세대 작가인데, 두 사람의 시는 대개 확고한 이상과 비전, 낙관적인 톤으로 이루어져 있다. 그들의 시는 내가 삶을 대하는 태도와 많이 닮았다.

A Poison Tree

BY WILLIAM BLAKE

I was angry with my friend;

I told my wrath, my wrath did end.

I was angry with my foe:

I told it not, my wrath did grow.

And I waterd it in fears,

Night & morning with my tears:

And I sunned it with smiles,

And with soft deceitful wiles.

And it grew both day and night.

Till it bore an apple bright.

And my foe beheld it shine,

And he knew that it was mine.

And into my garden stole,

When the night had veild the pole;

In the morning glad I see;

My foe outstretched beneath the tree.

윌리엄 블레이크의 〈독나무〉는 내가 좋아하는 시 중 하나다. 고등학교 때 유학반에서 미국 유학을 준비하면서 처음 접한 시로, 어린 나이에 적잖이 충격받았다. 이 시에서 화자는 분노의 두 가지 표출 방법을 다루는데, 친구에게 화가 나면 분노를 표출하자 분노가 사라졌다고 했다. 하지만 친구가 아닌 적에게 화가 날 때는 분노를 표출하지 않고 그 분노를 나무처럼 키워서 사과가 맺힐 때까지 기다린다. 적이 그 탐스러운 사과를 훔쳐먹고 나무 아래 죽어있는 것을 보고 기뻐하는 게 시의 내용이다. 이렇게만 보면 기괴하다고 생각할 수 있을 것이다. 하지만 나는 분노라는 감정을 이렇게 다룬 시를 처음 보아서인지 매우 인상적이었다. 화자의 분노를 자양분 삼아 자라는 사과라니. 분노와 눈물, 두려움을 안으로 삼키면서 겉으로는 미소만 짓고 있는 화자. 화자는 적에게 복수하기 위해 분노라는 사과를 키웠지만, 그 사과를 키우는 과정에서 그는 본인도 의도하지 못했던 변화를 경험한다. 가식적이고 순수하지 못한 사람이 되어버렸던 것이다. 분노는 상대방뿐 아니라 본인 자신도 망가뜨린다는 이야기 아닐까.

The Flea

BY JOHN DONNE

Mark but this flea, and mark in this,

How little that which thou deniest me is;

It sucked me first, and now sucks thee,

And in this flea our two bloods mingled be;

Thou know'st that this cannot be said

A sin, nor shame, nor loss of maidenhead,

Yet this enjoys before it woo,

And pampered swells with one blood made of two,

And this, alas, is more than we would do.

(...)

'Tis true; then learn how false, fears be:

Just so much honor, when thou yield'st to me,

Will waste, as this flea's death took life from thee.

심오한 시를 소개한 것 같아 이번에는 가벼운 시를 하나 가져와보았다. 존 던의 〈벼룩〉이라는 시는 모든 사물을 로맨스의 상징으로 만들던 존 던의 관심이 벼룩에까지 도달한 시다. 처음에 읽었을 때, 황당하기 짝이 없었다. 요즘 말로 '여친자', 여자에 미친 자가 아닌가 했다. 그런데 읽을수록 묘하게 설득되는 것이, 존 던이 왜 그렇게 유명한 시인이 되었는지 깨달았다. 시를 간략히 요약하자면, 화자는 여성에게 혼전 성관계를 하기 위해 꼬시는 과정을 묘사했다. 벼룩이 둘 모두의 피를 빨아먹어 벼룩 몸 안에서 남녀의 피가 섞였으니, 결혼한 것과 마찬가지로 친다고 설득한다. 그런데 여성이 무자비하게 벼룩을 때려잡아 죽이자, 포기할 법도 한데 바로 태세를 바꿔 자기와 잠자리를 한 번 했을 때 여성이 잃는 명예의 크기는 벼룩이 죽으면서 가져간 여성의 피 한 방울만큼 하찮을 정도로 작다고 다시 설득한다. 나는 존 던이 혈기왕성한 10대나 20대 시절에 쓴 작품이라고 생각했고, 당시 존 던의 말발이 널리 통했으리라 믿었다. 하지만 놀랍게도 이 시가 나온 것은 그가 결혼한 후 아내와도 사별하고 50이 넘었을 때다. 사실 존 던은 성공회 사제였다. 성 바울로 성당의 사제장으로 생을 마감한 존 던. 아이러니하지 않은가.

어머니는 T. S. 엘리엇을 전공하셨다(현대 시, 모더니즘). 하지만 나는 엘리엇보다 낭만주의가 더 좋았다. 엘리엇에는 정말 재미를 전혀 느끼지 못해서 한 수업도 듣지 않았다. 어머니가 그렇게 열중했던 엘리엇은 모더니즘 문학의 선구자라고 평가받고 노벨문학상까지 수상한 정말 대단한 시인이고 극작가지만 내게 엘리엇의 작품은 도저히 이해할 수 없는 고지식의 끝판왕이다. 지적인 자부심을 즐기기 위해 읽는 작품이 아닌가 싶을 정도다. 엘리엇을 사랑하는 사람들에게는 미안하지만 보통 사람이 보기에는 아무리 보아도 이해가 되지 않는다. 그저 본인의 '초 고학력'을 이용해서 만든 작품이 아닐까. '너희들 이거 알아? 너희들 이거 이해할 수 있어? 아니면 나랑 대화할 생각도 하지 마' 이런 느낌마저 든다. 그래서 T. S. 엘리엇을 전공하신 어머니와 나는 취향이 다른 줄 알았는데, 나중에 어머니께 여쭤보니 당시 지도교수님이 엘리엇 전공자가 필요하다고 해서 하게 되었다고. 어머니가 생각해도 엘리엇은 재미없는 양반이라고 하셔서 한참 웃었다.

머리와 마음을 차분하게, 또 때론 뜨겁게 하는 희곡과 시가 좋다. 대학생 때까지만 해도 문학을 가까이하고 문화생활을 많이 하던 사람들이 직장에만 들어가면 뚝, 퇴근하고 지쳐 눕는다. 핸드폰을 손에서 놓지 않고 넷플릭스만 주야장천 본다. OTT 서비스에도 좋은 작품이 많지만, 다들 쉬지 않고 연달아 핸드폰만 보는 대신, 많은 사람이 문학적 감수성을 다시 찾으면 좋겠다. 옛것을 다시 상기시키며 유행하는 Y2K 패션처럼, 다시 한번 고전 작품들이 빛을 보는 날이 오면 좋겠다.

내 인생의
최종 결정권자는 나

아버지가 장관 후보로 지명된 후 온갖 일이 벌어졌던 만 사년이란 시간이 흐르는 동안 깨달은 점이 있다. 사람은 누구나 하고 싶은 일을 꿋꿋하게 해나가야 한다는 것, 잠시 흔들릴 때가 있더라도 자신을 믿고 나아가야 한다는 것이다. 이두 가지 깨달음은 내가 후회 없이 선택하고 가급적 후회가적게 세상을 살아가게 해주는 원칙이 되어주었다. '내가 하고 싶은 일을 꿋꿋하게 하는 것', 참 중요한 일이다. 다들 하지 말라고 했는데도 의사 국가고시를 쳤고, 인턴을 했고, 레지던트도 지원해보았고, 과장으로 일하고, 부원장으로도 일했다. 얼굴을 드러낸 SNS와 유튜브를 개설해야겠다고 결심하여 그 세계의 문을 열었고, 오로지 나의 결정으로 재판을취하했다.

　　사람들은 나에게 숨어있을 것을 강요하며 충고했다.
자꾸만—아버지조차도— 가능하면 당분간은 내 얼굴을 노

출하지 말고 이름도 드러나지 않게 살라고 했다. 구설에 오
르지 않게 조심하고 말도 삼가란다. 나를 보호하기 위한 것
이었다는 것을 알고 있다. 하지만 난 그러고 싶지 않았다. 내
삶을 살기 위해서는 나를 믿고 내가 하고 싶은 일을 하는 게
옳다고 생각했다.

자신이 하고 싶은 대로, 독단적으로, 마음대로 하라
는 뜻이 아니다. 여러 의견을 듣되, 최종 결정권자는 내가 되
어야 한다는 것이다. 다른 사람 말에 휘둘리거나, '나보다 더
현명한 사람이기에 맞겠지' 하고 따르는 것이 아니라, 내가
논리적으로 납득하고 그것이 진정으로 옳다고 생각했을 때
나의 결정으로 판단해야 한다. 그렇게 하면, 예를 들어 나의
경우 의사로 일하기 전에 의사로 일하지 말고 집에서 쉬기
만 하라고 했으면 듣지 않았을 것이다. 그러나 그런 의견을
내 마음에 담아뒀다가, 의사로 충분히 일해보고, 내가 의사
면허를 붙들고 있는 것이 실효성이 있는가에 대해 고민해본
다음 비로소 내려놓아야겠다는 마음이 진정으로 들었을 때
내려놓는다는 결정을 하는 것이다. 나는 이 결정을 내리기
까지 꼬박 2년이 걸렸다. 내 인생에서 내가 무엇을 할지, 언
제 할지, 어떤 방식으로 할지는 내가 스스로 결정해야 한다.

결과가 어찌 되었든 그 과정에서 나는 후회가 없다.
의사 면허를 내려놓은 지금 돌이켜보아도 그때의 경험은 너
무나도 소중하다. 의사면허 시험도 친구들과 열심히 공부해
서 붙었고 인턴도 높은 성적으로 들어갔다. 전우라고 부르

던 인턴 동기들도 생겼고(지금도 친하게 지낸다) 당직 설 때 5분이라도 늦게 깨워준 간호사 선생님들도 가끔 생각나면 안부 인사를 전한다. 무엇보다 중요한 깨달음은 "모든 경험에는 분명 배울 점이 있다"는 것이다.

공식적인 진료 활동이나 의료봉사를 할 수는 없지만 친한 친구들은 조금만 아프면 내게 전화한다. "고깃집에서 연기를 맡으면서 고기를 구워 먹고 있는데 머리가 너무 아프고 어지러워. 병원에 가야 할까?" "감기에 걸려 병원에 가서 약을 3일 먹었는데 계속 열이 나고 낫지 않아" "목에 혹이 만져지는데 무슨 과에 가야 하는 걸까?" 등 여러 질문을 퍼부으면, 친구들을 안심시켜 주고 해결책을 제시해줄 수 있는 자신에게 감사하다.

"밖에 신선한 공기 있는 곳으로 나가. 그러고도 계속 어지럽고 머리 아프면 병원에 가 봐야 해."

"독감이 유행이니 독감검사키트가 있는 다른 병원에 다시 가 볼래?"

"이비인후과에 먼저 가보는 게 좋겠어."

작은 조언이라도 해줄 수 있는 것만으로도 얼마나 다행인가. 병원에 가서도 의사 선생님들이 내게 전문용어로 설명해주는 것을 나는 이해할 수 있다. 이 의료지식을 이용해 주변 사람들을 챙기고, 나중에는 내 가족, 나의 자녀들을 케어할 수 있다. 부모님 말씀과 주변 사람들의 말만 듣고 하지 않았다면 분명히 후회했을 일이 너무 많다. 나를 증명하기 위해 한 것은 아니었지만 나로서는 많은 것을 증명할 수 있었고 의사로서 하고 싶은 일을 최대한 시도했다는 것, 나에겐 소중하다.

이런 과정을 겪으면서 깨달은 바가 있다. 어른들 말이 다 맞는 건 아니다. 내가 생각해서 후회하지 않는 것들을 하는 게 중요하다. 그때부터 모든 게 명확해졌다. 누군가 내게 "너 이렇게 하는 게 맞아"라고 아무리 확정적으로 말해도 "아니"라고 할 수 있는 기준점이 생긴 거다.

이제 나는 주변의 말에 흔들리지 않고 내가 중심을 잡고 내가 생각해서 내가 결정 내리는 그런 주체적인 사람이 된 것 같다고 느낀다. 그때 나는 비로소 내가 '성인이 되었구나' 싶었다. 그리고 부모님 입장에서도 나름의 고집으로 본인 인생을 살아나가는 나를 보면서 걱정은 되지만 동시에 안도감을 느끼신 것 같다. 부모님도 어쩌면 나를 통해 자유분방함을 맛보실지도 모른다. 세상의 반응에 타격이 크셨던 분이라 본인에 대한 세상의 평가 하나하나에도 신경쓰고 힘들어하셨는데, 본인의 신념대로 살아나가면 그것이 인생이라는 것, 그리고 그렇게까지 무너지지 않아도 되는 거라는 것을 알게 되시지 않았을까.

저는 오늘도 헤엄치는 중입니다

"요즘 어떻게 지내?"

근래 제가 가장 많이 듣는 질문이자, 동시에 대답하기 어려운 질문입니다. 그래서 보통은 이런 질문에 대답할 타이밍을 놓쳐버리곤 합니다. 잘 못 지낸다고 하기에 저는 너무나 열심히 인생을 꾸려가고 있고, 잘 지낸다고 하기에는 사람들이 공감하기 어려울 만큼 많은 일을 겪었습니다.

그만큼 한동안은 저의 온전한 생각과 이야기를 어디가서, 누구에게도 꺼내지 못했습니다. 어떤 사람들에게 저는 잘 지내고 있어야만 하는 사람이었고, 어떤 사람들에게 저는 못 지내고 있어야만 하는 사람이었습니다. 조국 전 장관의 딸로서, 어떤 사람들에게는 입시 비리 공범, 어떤 사람에게는 정치인 유망주로 비쳤겠지요. 그리고 저는 얼떨결에 그 사람들이 보고 싶은 모습이 맞는지 아닌지에 대해 바로잡거나 고쳐주지 않았습니다.

하지만 최근 저에 대한 사회적 관심이 깊어지면서, 제 가치관 및 삶의 일부를 드러내고 싶다는 소망이 생겼습니다. 왜냐하면 저 자신을 그대로 드러내지 않고 다른 사람이 원하는 대로 살기에 저의 가치관과 주체성은 너무나도 강하다는 것을 깨달았기 때문입니다.

저는 하고 싶은 것과 하고 싶지 않은 것, 옳은 것과 옳지 않은 것이 너무나도 분명한 사람입니다. 저는 조민이며, 제가 앞으로 살아갈 인생도 조민의 삶입니다.

이 책을 출간하기까지 고민이 많았습니다. 처음 출판사에서 연락받았을 때도 망설였습니다. 하지만 한 번은 내 삶의 궤적을 좇으며 이야기를 풀어내고 싶었습니다. 세상의 오해도 풀고 싶었습니다. 그다지 특별할 게 없는 사람, 남들과 다를 바 없이 하루를 살아가는 사람, 하지만 그와 동시에 '나, 조민'인 사람에 대해서요.

파주출판단지에서 출판사 담당자와 미팅할 때, 창밖을 보니 산세가 정말 멋졌습니다. 푸르른 나무가 무성하고, 나뭇잎은 햇살에 반짝여 흔들렸습니다. 자세히 보니, 거세게 불어오는 산바람에 나무들은 몸을 내어주고 있었어요.

어쩌면 제 삶도, 아니 모두의 삶이 멀리서 보면 그저 빛나고 고와 보일지언정 사실은 저마다의 바람 속에서 견뎌내고 있는 것이 아닌가 싶습니다. 저는 제가 마주한 파도를 피하지 않을 겁니다. 어떤 때는 파도를 거슬러 헤쳐나갈 테고, 또 어떤 때엔 파도에 몸을 싣고 부유하기를 즐길 겁니다. 그러다 보면 언젠가는 파도든 폭풍이든 그 무엇에도 휩쓸리지 않은 채 나의 속도에 맞춰 나의 흐름을 찾아 오롯이 '나'로서 빛날 날이 오겠지요.

> 억울함을 당해서 밝히려고 하지 마라. 억울함을 밝히면 원망하는 마음을 돕게 되나니 그래서 성인이 이르기를 억울함을 당하는 것으로 수행의 문을 삼으라.
> 변치 않는 마음의 주인이 되어야지 고작 땅 주인 되는 데에 인생을 걸어서야 되겠는가.

〈보왕삼매론〉에 나오는 구절입니다. 몇 년간 진행된 재판을 통해, 스스로 떳떳하게 살아왔다고 생각했음에도 저 역시 실책이 있었다는 걸 인정하게 되었습니다. 처음에는 억울했습니다. 함께 입시를 준비한 사람들 중 저는 평범한 편에 속했고, 과거에는 물론 지금도 봉사활동을 정기적으로 다니고 있지만 4시간 정도 봉사하는데 일괄적으로 모두에게 7시간씩 증명서를 떼어줍니다. 저는 지금도 실무자가 귀찮아 할 것을 알기에 7시간을 4시간으로 고쳐 달라고 요구하지 않습니다. 하지만 앞으로 이 서류를 어디에도 쓰지 않을 것입니다. 4시간을 봉사하고 7시간짜리 증명서를 받아 제출하면 불법이기 때문이죠.

입시 서류를 제출할 당시, 그런 증명서와 저의 생활기록부 한 글자 한 글자가 하나하나 파헤쳐질 줄은 꿈에도 몰랐습니다. 하지만 지금은 깨달음을 얻었습니다.

'과거에는 다들 그랬다'는 말은 통하지 않음을 직시하고 자성했습니다. '앞으로는 돌다리도 두들겨보고 더 깨끗하게, 잘 살아야겠구나' 하고 다짐합니다.

몇 달에 걸쳐 출판사 편집자와 이야기를 주고받으며 글을 정리하고 계속 다듬어나가는 동안 제 마음속, 오래된 이야기를 꺼내 보았습니다. 그리고 저의 작은 이야기들을 모으고 모았습니다. 친구를 만날 때처럼 편안하게 이야기를 나누기도 하고, 진지하게 회의하면서 책을 준비하는 시간 속에서 저는 자신을 다시금 발견했습니다. 저조차도 잊고 있던 부분을 떠올리기도 했고요.

자신을 알아가는 일, 그리고 내 길을 찾는 것. 이는 어쩌면 평생의 숙제가 아닌가 합니다.

그렇게 저는 저 자신을 찾아 '조민'의 삶을 살기 위해 오늘, 지금, 이 순간에도 한 걸음씩 나아갑니다.

여러분도 여러분의 길에서, 큰바람을 맞더라도 스러지지 않고 자신의 길을 만날 수 있기를, 때론 길을 잃더라도 그 길에서 더 빛나는 나를 만날 수 있다는 소망을 버리지 않기를 바랍니다. 우리는 모두 날마다 매일 매 순간을 멋지게 살아나가고 있으니까요. ✎